Eine Leiche in der Bleiche

Andreas Giger, geboren 1951, lebt und arbeitet als freier Zukunfts-Philosoph, Sozialforscher, Autor und Fotograf im appenzellischen Wald AR.
www.gigerheimat.ch
www.appenzellerkrimi.ch
www.spirit.ch

Dieses Buch ist ein Roman. Handlungen und Hauptpersonen sind frei erfunden.

ANDREAS GIGER

Eine Leiche in der Bleiche

KRIMINALROMAN

emons:

Bibliografische Information der Deutschen Nationalbibliothek
Die Deutsche Nationalbibliothek verzeichnet diese Publikation in der Deutschen Nationalbibliografie; detaillierte bibliografische Daten sind im Internet über http://dnb.d-nb.de abrufbar.

MIX
Papier aus verantwortungsvollen Quellen
FSC® C083411

Umschlagmotiv: mauritius images/CuboImages
Umschlaggestaltung: Tobias Doetsch
Druck und Bindung: CPI – Clausen & Bosse, Leck
Printed in Germany 2012
ISBN 978-3-95451-007-8
Originalausgabe

Heimat ist da, wo ich verstehe
und wo ich verstanden werde.

Karl Jaspers

Eine Leiche in der Bleiche

Vorbemerkung: Ich mache diese Aufzeichnungen aus alter Gewohnheit als früherer Lokalreporter. Damals habe ich ein Gespür für Geschichten entwickelt, aus denen was werden könnte, und war später jeweils froh um das schon aufgeschriebene Material. Und aus dieser Geschichte könnte definitiv etwas werden … Gleichzeitig muss ich allfällige Leser warnen: Es könnte sein, dass in diesen Notizen sich gelegentlich meine Neigung durchsetzt, ins Plaudern und ins Dozieren zu kommen. Ich bitte zum Voraus um Nachsicht.

Montag, 18. April

Der Polizeibeamte, den sie zu dieser für einen Bürobetrieb späten Stunde deutlich nach Feierabend entbehren konnten und deswegen zum Fundort geschickt hatten, war mir nicht besonders sympathisch. Zu sehr strahlte er die durch keine Persönlichkeit gerechtfertigte Autorität eines Uniformträgers aus, doch was sollte es, er tat schliesslich nur seine Pflicht. Was er aus meiner Zeugenaussage in seinem Rapport gemacht hat, weiss ich noch nicht, das werde ich morgen erfahren, wenn ich nach Trogen auf den Polizeiposten gehe, um das Protokoll zu unterschreiben. Für den Moment schreibe ich aus dem Gedächtnis auf, wie ich diese Einvernahme erlebt habe.

Polizist: «Sie haben also die Leiche gefunden.»

Ich: «Ja.»

«Ihr Name?»

«Eugster.»

«Vorname?»

«Franz.»

«Jahrgang?»

«1953.»

«Wohnhaft?»

«In Wald, Tanne 333.»

«Beruf?»

«Journalist.»

«Arbeitgeber?»

«Ich arbeite selbstständig als freier Journalist.»

«So, so … Dann erzählen Sie mal. Was haben Sie eigentlich da unten gesucht?»

Mit «da unten» meinte er das Bachbett unterhalb der Brücke, die an der tiefsten Stelle der Strasse zwischen Trogen und Wald die Goldach überquert. Da zwischen Strasse und Bachbett geschätzte zwölf Meter liegen, war die Frage durchaus berechtigt. Ich räusperte mich und hob zu einer längeren Erklärung an:

«Ja, also, ich arbeite zurzeit an einem Buch über das Appenzellerland. In erster Linie schreibe ich die Texte, aber weil ich ein leidlich begabter Amateurfotograf bin, der einen ganz guten Blick für stimmige Bilder hat, kundschafte ich auch aus, von welchen Standorten aus die Profifotografen später am besten ihre Bilder machen. Dafür streife ich gelegentlich plan- und ziellos durch die Gegend und lasse mich vom Augenblick inspirieren.»

Der Polizist blickte jetzt ziemlich skeptisch. So eine anarchistische Arbeitsweise schien ihm noch nie begegnet zu sein. Unbeeindruckt fuhr ich fort:

«Ich ging also von Wald den direkten Weg durch die Wiese in Richtung Bleichi runter …»

«Moment, wohin genau?»

Ich erläuterte es ihm auf der Karte, die ich bei solchen Streifzügen immer dabeihabe. Ich suchte darauf zunächst das Gebiet «Bleichi» westlich der erwähnten Brücke und zeigte dem Polizisten auf der Karte den kleinen Fussweg, der zur Bleichimüli unten am Bach führt, denn da wollte ich eigentlich hin.

«Dann», so nahm ich den Faden wieder auf, «habe ich oben am Waldrand zwei Kälber gesehen, ein schwarzes und ein weiss-rot geflecktes, die zusammen ein prächtiges Bild abgaben. Ich wollte näher ran und bin deshalb vom Weg abgewichen. Die Kälber tummelten sich an einem ziemlich steilen Abhang. Ich schlich mich vorsichtig an, und es gelang mir, mit meiner kleinen Kamera ein paar Bilder aufzunehmen, die mir ein gutes Gefühl gaben.»

Der Polizist murmelte ungeduldig: «Kommen Sie zur Sache.»

«Bin ja schon dabei. Jedenfalls bin ich einen Moment unachtsam gewesen und mit einem Fuss in eines dieser Huflöcher geraten – Sie wissen schon, jene Löcher, die es in jedem Wiesenhang gibt, auf dem häufig Kühe weiden. Das hat mich zum Stolpern gebracht. Ich konnte mich zwar wieder auffangen, doch dabei ist mir die Kamera aus der Hand geglitten und den Abhang hinuntergekullert. Ich sah ihr fluchend nach, bis sie sich ein ganzes Stück weiter unten in einem Gebüsch verfing. Es blieb mir nichts anderes übrig, als ihr nachzuklettern.

Das habe ich gemacht und die Kamera auch gefunden. Sie war etwas verbeult vom Aufprall an harten Wurzeln und hatte Schmutzflecken, doch zum Glück funktionierte sie noch. Nun stand ich vor der Entscheidung, wieder hochzuklettern oder den Abstieg fortzusetzen. Ich konsultierte meine Karte und stellte fest, dass der Bach, der weiter unten leise rauschte, kurz unterhalb der Brücke, in der Bleichi, in die Goldach münden würde. An jener Stelle war ich auf einem meiner Streifzüge schon mal gewesen und wusste deshalb, dass ich dort problemlos wieder rauskäme. Ich brauchte also nur zum Bach abzusteigen und diesem abwärts zu folgen.

Das erwies sich als ziemlich anstrengend und nicht ganz ungefährlich. Ich weiss, dass ich auch Glück hatte. Wegen des aussergewöhnlich trockenen Frühlings führt der Bach nicht viel Wasser. So konnte ich ihn an manchen Stellen problemlos überqueren, was auch nötig war, denn an den Aussenseiten der Kurven, die der Bach beschreibt, fällt der Abhang extrem steil direkt bis zum Bach ab, nur auf den Innenseiten hat man eine Chance zum Weiterkommen. Item, ich habe es geschafft. Irgendwo bin ich allerdings noch einmal in ein Loch getreten, das trotz der Trockenheit schlammgefüllt war, und habe mir dabei buchstäblich einen Schuh voll herausgezogen.»

Erst jetzt bemerkte der Polizist meinen schlammverkrusteten einen Schuh und das Hosenbein, das bis zum Knöchel arg verschmutzt war. Dass meine Haare, die längst mal wieder einen Schnitt nötig gehabt hätten, ziemlich wirr vom Kopf standen, weil sie vorhin vor lauter Anstrengungen, aus der wilden Schlucht herauszukommen, klatschnass geworden waren, musste er als hoffentlich gut geschulter Beobachter allerdings schon früher registriert haben. Alles in allem dürfte ich einen ziemlich abgerissenen Eindruck auf ihn gemacht haben – kein Wunder, wenn er sich insgeheim wohl fragte, ob ich nicht doch etwas mit der Leiche zu tun hätte.

«Und dann sind Sie also da unten gelandet.» Der Polizist zeigte auf die Stelle, an welcher der Bach, dem ich gefolgt war, in die Goldach mündet.

«Ja. Und da wusste ich, dass ich jetzt in Sicherheit war. Ich turnte von Stein zu Stein und überquerte so die Goldach. Von dort, das wusste ich, konnte ich leicht dem Bach ein paar hundert Meter abwärts folgen, um auf den nächsten Weg zu gelangen. Oder, etwas mühsamer, den Hang zur kleinen Strasse hinaufklettern, die von der Hauptstrasse zur Bleichimüli führt. Vorher aber habe ich mich nach links in Richtung Brücke gewandt. Weil ich schon mal da war, konnte ich noch ein paar Bilder von der Brücke von unten aufnehmen, das sieht immer eindrucksvoll aus.»

Ich zeigte ihm die Stelle, bis zu der ich gegangen war. Eigentlich hatte ich ja die Idee gehabt, unter der Brücke hindurchzugehen, doch das wäre nur auf einem schmalen, abschüssigen Sims möglich gewesen, auf dem ich leicht hätte abrutschen können – und von nassen Füssen hatte ich für diesen Tag genug. Ich hatte mich schon zur Rückkehr gewendet, als ich mich noch einmal umblickte. Direkt unter der Brücke bildete der Bach einen offenkundig ziemlich tiefen Tümpel, in dem das Wasser ruhig, aber für meinen Blick undurchdringlich schwarz lag. Für einen Moment sandte eine Reflexion von irgendwas einen Lichtstrahl auf diesen Tümpel und erhellte ihn an einer Stelle einige Zentimeter weit in die Tiefe. Und da sah ich sie: die bleiche Hand, die mir, von schwachen Wellen bewegt, sanft zuzuwinken schien.

All das erzählte ich dem Polizisten, wenngleich etwas weniger dramatisch, denn ich glaube nicht, dass er einen Sinn für Dramatik besitzt. Wie dem auch sei. Er stellte noch die unvermeidliche Frage, ob ich etwas am Fundort verändert hätte, die ich ebenso unvermeidlich verneinte.

«Nein, ich habe natürlich sofort die Polizei angerufen. Und Sie waren ja sehr schnell da.»

Das Kompliment schien den Polizisten zu freuen. Seine Miene hellte sich etwas auf, als er mir eine letzte Frage stellte: «Ist Ihnen irgendwas Verdächtiges aufgefallen?»

Ich überlegte kurz und sagte: «Einzig eine Fussspur im Sand am Rand des Baches, etwa hundertfünfzig Meter weiter oben. Ich hatte mich gewundert, dass es offenbar auch andere Verrückte gibt, die in solchen wilden Schluchten herumstiefeln. Aber wie alt die Spur war, kann ich natürlich nicht sagen, und ich fürchte, ich bin mit meinen eigenen Schuhen in die Spur hineingetreten.»

«Nehmen Sie bitte morgen bei der Protokollabnahme Ihre Schuhe mit, die Sie jetzt tragen, damit wir Ihre Spuren identifizieren können.» Damit war ich entlassen, unter Verdacht, wie ich fürchtete. Ich nahm den Weg hangaufwärts, was mir noch einmal etliche Schweisstropfen entlockte. Oben angekommen stellte ich fest, dass mich die Ereignisse sehr viel Kraft gekostet hatten. Ich verspürte keinerlei Lust mehr, mich die ganzen dreihundert Höhenmeter hinauf nach Wald zu Fuss zu quälen. Gott sei Dank gibt es ganz in der Nähe der Brücke eine Haltestelle des Postautos, das von Trogen über Wald nach Heiden fährt. Ein glücklicher Zufall wollte es, dass der nur stündlich verkehrende Bus in ein paar Minuten an der Haltestelle vorbeikommen würde.

Die Beschriftung der Haltestelle erinnerte mich daran, dass

die offizielle Bezeichnung der Gegend nicht mundartlich «Bleichi» ist, sondern hochdeutsch «Bleiche». So wird sie auch bei der Durchsage im Postauto angekündigt. Diese Ansage wiederum animierte mich schon vor Jahren, einen Krimi zu schreiben: «Eine Leiche in der Bleiche».

Von der nächsten Haltestelle rauf bis zur Kuppe des Hügels, auf dem ich in einem kleinen Häuschen lebe, dauert der Fussmarsch immer noch fast eine halbe Stunde. So hatte ich reichlich Gelegenheit, darüber nachzusinnen, dass aus dieser Schnapsidee blutiger Ernst geworden war. Jetzt gab es tatsächlich eine Leiche in der Bleiche, und blutig musste sie angesichts der vielen Wunden, die ich noch gesehen hatte, als sie während meiner Einvernahme durch den Polizisten auf einer Bahre abtransportiert worden war, auch gewesen sein, ehe das Wasser des Bachs diese Spuren weggewaschen hatte.

Zu Hause angekommen wusch ich als Erstes meinen verdreckten Schuh gründlich und steckte die Hose gleich in die Waschmaschine. Ich lud die Bilder von heute von der Kamera auf meinen Mac und sah sie mir in Gross an. Unter den Aufnahmen von den Kälbern waren wirklich ein paar gelungene, während ich in der wilden Schlucht vor lauter Anstrengung kaum zum Fotografieren gekommen war. Die Bilder der Brücke von unten entsprachen meinen Erwartungen.

Hingegen bewahrheiteten sich bei den Bildern vom Tümpel unter der Brücke meine Befürchtungen. Ich hatte versucht, einen heissen Schnappschuss zu machen, der sich für gutes Geld verkaufen liesse – authentische Bilder von Wasserleichen ziehen immer. Nur sah man auf den meisten Bildern gar nichts, und das einzige, was einigermassen vielversprechend erschien, erwies sich bei näherer Betrachtung ebenfalls als Niete. Mit viel Phantasie konnte man bei grösstmöglicher Vergrösserung so etwas wie eine Hand erkennen, doch bei kritischer Betrachtung wirkte das alles nur wie ein bedeutungsloser Haufen von Pixeln, ähnlich den berühmten «Aufnahmen» des Monsters von Loch Ness. Nein, so gut es meiner Kasse getan hätte, mit diesem Bild war kein Staat und schon gar keine Kohle zu machen.

Dennoch brachte das Betrachten dieses Bildes meine ganzen Gefühle noch einmal so richtig in Wallung. Ich wusste ja, dass eine Leiche da gewesen war, und wer hat schon gerne unheimliche Begegnungen der dritten Art mit einer Leiche? Ich würde in dieser Nacht vermutlich schlecht schlafen.

Dienstag, 19. April

Das Protokoll, das mir der junge Polizist zur Unterschrift vorlegte, war erstaunlich präzise – hätte ich ihm gar nicht zugetraut … Ich hatte nur wenige Details zu ändern, und so war die Prozedur rasch vorbei. Meine Schuhe, die ich brav mitgebracht hatte, warteten auf ihre kriminaltechnische Erfassung, weshalb auch ich draussen im Flur blieb.

Dort entdeckte mich Karl Abderhalden, ein etwas rundlicher Typ mit deutlichem Glatzenansatz und etwa in meinem Alter, seines Zeichens Chef der Kriminalpolizei des Kantons Appenzell Ausserrhoden. Solange ich bis vor einigen Jahren fest angestellter Lokalreporter war, hatte ich beruflich öfters mit ihm zu tun gehabt. Daraus war allmählich so etwas wie eine Freundschaft gewachsen. Auch nachdem man mich bei der einzigen regionalen Zeitung sanft, aber bestimmt rausgeschubst hatte, weil ich angeblich zu eigensinnige Züge entwickelt hätte, traf ich mich gelegentlich mit Karl zu einem Glas Wein. In letzter Zeit allerdings war der Kontakt etwas eingeschlafen.

Umso mehr freuten wir uns beide über das unverhoffte Wiedersehen. Karl lud mich auf einen Kaffee in die «Krone» ein, die am selben Platz in Trogen steht wie die Büros der Kantonspolizei, am Landsgemeindeplatz, der heute immer noch offiziell so heisst, obwohl es die Landsgemeinde im Kanton Appenzell Ausserrhoden schon viele Jahre nicht mehr gibt. Die Schuhe, so meinte er, könne ich ja nachher abholen.

In der gemütlich mit Holz ausgekleideten, wenngleich für meine ein Meter neunzig Körperlänge etwas niedrigen Gaststube lag auf dem Stapel der für die Gäste bereitgelegten Zeitungen auch der «Blick», die einzige Boulevardzeitung der Deutschschweiz. Karl wies auf sie hin und fragte, ob ich den Bericht über meine Leiche, wie er sich ausdrückte, schon gesehen hätte.

Hatte ich nicht. Ich war direkt von meinem Hügel zur Bushaltestelle Kaien abgestiegen und von dort mit dem Postauto zum Landsgemeindeplatz in Trogen gefahren. Unterwegs kam ich an keinem Zeitungskiosk vorbei. Karl schlug die Seite auf, die er schon kannte, zeigte auf einen kleinen Artikel unten links und meinte, die Bergungsaktion am frühen Abend noch bei voller Sonnenbeleuchtung sei offenbar nicht unbemerkt geblieben. Jemand hätte wohl den «Blick» angerufen, um sich ein paar Franken für den Tipp zu verdienen.

Der Regionalkorrespondent des «Blicks» – ich hatte eine Vermutung, um wen es sich handeln könnte, auch wenn der Artikel nicht namentlich gezeichnet war – war ein Boulevard-Profi. Jedenfalls hatte er sich die Gelegenheit zum Kalauern nicht entgehen lassen und «meinen» Titel verwendet: «Eine Leiche in der Bleiche».

Darunter wurde kurz berichtet, wann und wo gestern Abend eine unbekannte männliche Leiche gefunden worden sei und dass man über die Todesursache noch nichts sagen könne. Die Polizei habe für heute eine Medienorientierung angekündigt. Das war's schon. Erleichtert nahm ich zur Kenntnis, dass in der Meldung nichts darüber stand, wer die Leiche gefunden hatte.

Karl dagegen wusste das natürlich längst und zog mich damit entsprechend auf. Auch er wundere sich, frotzelte er, was um Himmels willen ich in dieser unwirtlichen Gegend gesucht hätte. Er habe ein gewisses Verständnis, dass sein junger Kollege mich zunächst in den Kreis der Verdächtigen eingeordnet hätte. Das sei allerdings sehr voreilig gewesen, weil noch keineswegs feststünde, dass es sich um ein Tötungsdelikt handle. Ebenso gut kämen ein Unfall oder eine Selbsttötung in Frage.

Trotzdem habe er, Karl, nachdem er die Geschichte der Entdeckung gehört hatte, sich gegenüber seinen Kollegen sofort für mich, Franz, verbürgt, kenne er doch kaum jemanden, dem er eine Gewalttat weniger zutraue. Womit ich hochoffiziell von jedem Verdacht befreit war.

Ich wusste natürlich, dass auch Karl es liebte, manchmal in ein Bachtobel abzusteigen und den Bachlauf entlang verwegene Routen zu gehen. Wir hatten das wenige Male gemeinsam getan, nur um herauszufinden, dass der Kick eben genau im Alleingang liegt, weil das in den Augen der «Normalbürger» ein Weniger an Sinn und Verstand bedeutet. Wie bei jeder Unternehmung mit wenig Sinn und Verstand, ob Bergsteigen in höchster Höhe oder Tauchen in tiefster Tiefe, lässt sich Aussenstehenden nicht vermitteln, was deren Reiz ausmacht, wohingegen Menschen, die so etwas aus eigener Erfahrung kennen, damit ein bedeutsames Geheimnis teilen, was sie ungemein verbinden kann, wie Karl und ich es erlebt haben.

So konnten wir gemeinsam darüber lachen, dass mich wieder mal ein solcher Anfall aus heiterem Himmel übermannt hatte, wollte ich doch ursprünglich brav den vorgespurten Pfaden folgen, und dass dieser Anfall ausgerechnet zur Entdeckung der Leiche führen musste. Karl wurde ernst und meinte, dass dieser Leichenfund noch zu ziemlicher Aufregung führen werde. Nicht meinetwegen, beruhigte er mich, er werde persönlich dafür sorgen, dass die Identität des Finders nicht bekannt werde, nein, wegen der Leiche. Oder besser, der Person, die sie war, bevor sie zur Leiche wurde.

Natürlich war ich neugierig und bestürmte ihn, mehr darüber zu sagen. Erst zierte er sich, dann blickte er auf die Uhr und meinte, in einer Viertelstunde müsse er wieder rüber zur Medienorientierung, und dann sei ohnehin alles öffentlich, also könne er mir auch jetzt schon sagen, wer der Tote sei.

Als ich den Namen hörte, war mir klar, warum Karl grössere Aufregungen befürchtete. Zwar hatte ich als Lokaljournalist nur über Ausserrhoden berichtet und kannte die Verhältnisse in Innerrhoden weniger gut. Doch dieser Name war über die halb durchlässigen Grenzen zwischen den beiden Halbkantonen gedrungen und einem normalen Zeitungsleser wie mir bekannt. Emil Matzenauer war das, was man selbst im behäbigen Appenzell Innerrhoden auf gut Neudeutsch einen Shootingstar nennt. Erst Mitte dreissig, besass er bereits einen blühenden Betrieb im Hightech-Bereich. Zwar wusste niemand so genau, was sein Unternehmen eigentlich verkaufte, doch der rege Baubetrieb auf dem Firmenareal am Rande des Fleckens Appenzell und die stetig wachsende Zahl der dort angebotenen Arbeitsplätze hatten auch die letzten Zweifler längst verstummen lassen.

Für die mangelhafte Transparenz der Produkte der Firma «Interkrypt» gibt es übrigens eine einleuchtende Erklärung: Die Firma arbeitet auf dem Gebiet der Kryptologie, das heisst, sie verkauft Lösungen, die eine Verschlüsselung von geheimen Daten ermöglichen, die nicht mehr zu knacken ist. Dafür hatte Emil Matzenauer schon gegen Ende seines Studiums an der Eidgenössischen Technischen Hochschule in Zürich eine geniale Lösung entwickelt, von der ich nur verstanden habe, dass sie auf einem neuartigen Zusammenspiel von Hard- und Software basiert.

Nach dem Studium kehrte Matzenauer in seine Heimat zurück, entwickelte seine Lösung, auch dank gütiger Wirtschaftshilfe des Kantons, zur Produktionsreife und baute die «Interkrypt» auf.

Auch die altehrwürdige Schweizer Armee konnte solche neumodischen Fähigkeiten gut gebrauchen, weshalb er auch dort eine steile Karriere machte. Im Grossen Rat, dem Kantonsparlament, sass er ebenfalls schon einige Jahre, selbstverständlich als Mitglied der staatsbeherrschenden CVP, den früheren «Katholisch-Konservativen».

Nun stand Emil Matzenauer vor einem weiteren Schritt in

seiner politischen Karriere. An der in knapp zwei Wochen stattfindenden Landsgemeinde sollte er zum Landesfähnrich und damit zum Mitglied der Standeskommission gewählt werden. (Da selbst ich mir diese Bezeichnungen nicht merken kann, hier die Übersetzungen: Die Standeskommission ist die Kantonsregierung, und der Landesfähnrich ist der Justiz-, Polizei- und Militärdirektor. Die Mitglieder der Standeskommission arbeiten übrigens nebenamtlich, weshalb jemand ohne Weiteres gleichzeitig ein Unternehmen führen und Mitglied der Standeskommission sein kann.)

Matzenauer ist (oder jetzt besser: war) der offizielle Kandidat der CVP, und eine Gegenkandidatur war bisher nicht aufgetaucht. Somit schien seine Wahl eine reine Formsache zu werden, zumal er die Unterstützung der einflussreichen Verbände der Landwirtschaft und des Gewerbes auf sicher hatte. Ja, es gab schon Stimmen, die Matzenauer eine ähnliche Rolle als ungekrönter König von Appenzell Innerrhoden vorhersagten, wie sie früher ein Raymond Broger oder bis vor Kurzem ein Carlo Schmid – beide abwechselnd regierender und stillstehender Landammann (Regierungschef und Stellvertreter), Abgeordneter im Ständerat (der kleinen Kammer der Kantonsvertreter im Bundesparlament in Bern) und zugleich einflussreich in der Wirtschaft, innegehabt hatten.

Emil Matzenauer verfügte, wie ich jetzt schreiben muss, über alle Voraussetzungen für diese Rolle. Er stellte eine wachsende Zahl von Arbeitsplätzen zur Verfügung, war ein guter Steuerzahler, und als Mitglied vieler Vereine war er bestens im Volk verankert. Seine Familie war ausgesprochen repräsentabel. Selbstverständlich hatte er eine Einheimische, also eine Innerrhödlerin, geheiratet, was ihm als angenehmen Nebeneffekt auch einen wohlhabenden Schwiegerpapa eingebracht hatte, der ihm den Aufbau seiner Firma finanzierte. Auch seine Militärlaufbahn war in Innerrhoden noch immer ein Pluspunkt. Zudem sah er gut aus, war mit einem gewinnenden Wesen gesegnet und verfügte dennoch übe den nötigen Machtwillen und -instinkt, um ganz nach obe zu kommen. Nichts schien seinem Aufstieg zum König von Appenzell im Wege zu stehen.

Nur, dass er jetzt als Wasserleiche in der Pathologie liegt, das hatte niemand vorhergesehen. Karl hat mir noch erzählt, man nehme an, dass Matzenauer über eine Woche in jenem Tümpel unter der Bleichebrücke gelegen habe. Mehr wollte er nicht mehr verraten, ich könne den Rest den Medien entnehmen, er müsse jetzt zur Pressekonferenz. Sprach's und entschwand, nicht ohne vorher die Rechnung für Kaffee und Gipfeli zu begleichen, was meine geschundene Haushaltskasse mit Genugtuung zur Kenntnis nahm.

Auf der Heimfahrt mit dem Postauto fiel mir, als die Stimme ab Band die Haltestelle «Bleiche» ankündigte, die Beobachtung wieder ein, die ich schon am Vorabend gemacht hatte: Es gibt eine Diskrepanz bei der Ortsbezeichnung zwischen Bleichi und Bleiche. Zum Glück hatte der «Blick»-Korrespondent offenbar das Schild der Haltestelle konsultiert und nicht die Karte. Die Überschrift «Eine Leichi in der Bleichi» hätte nicht halb so gut geklungen wie «Eine Leiche in der Bleiche».

Zu Hause angekommen gab ich erst mal meiner Katze – die eigentlich gar nicht meine ist, sondern den Nachbarn gehört, bei mir aber dennoch ihre Rechte hat – die ihr zustehenden Mengen an Futter und Streicheleinheiten, was sie mit zustimmendem Schnurren zur Kenntnis nahm. Dann begann ich, im Internet nach ersten Informationen aus der Pressekonferenz zu suchen. Tatsächlich prangte auf der Website des «Blicks» bereits gross die tiefrote Schlagzeile: «Leiche in der Bleiche war zukünftiger König von Appenzell!»

Donnerwetter, da hatten die Jungs aber wirklich fix gearbeitet. Zwar stand im Artikel nichts über die Person Matzenauer, was ich nicht schon wusste, aber das war süffiger geschrieben, als ich es je gekonnt hätte. Mehr interessierten mich die an der Medienorientierung bekannt gegebenen Informationen über die Todesursache. Bisher hätte man keine

Anzeichen für Fremdverschulden feststellen können, was nicht bedeute, dass sich nicht noch welche finden liessen. Die Polizei ermittle deshalb weiter in alle Richtungen. Ergebnisse würden im Sinne einer offenen Informationspolitik so rasch wie möglich an die Öffentlichkeit weitergegeben.

Selbst der «Blick» hatte noch keine weiteren Fakten zur möglichen Todesursache und spekulierte darüber, ob es nun ein Unfall, ein Selbstmord oder gar ein Mord gewesen sein könnte. Ich schaute zwar den ganzen Nachmittag immer wieder mal ins Netz, doch die Nachrichtenlage änderte sich bis am Abend nicht.

Der rätselhafte Leichenfund schaffte es sogar bis in die Hauptausgabe der Tagesschau des Schweizer Fernsehens. So erstaunlich ist das nicht. Das Appenzellerland gilt im Rest der Schweiz (und darüber hinaus) als heile, wenngleich etwas skurrile Welt. Und wenn da mal etwas Spektakuläres geschieht, das nicht in dieses Bild passt, ist das schon eine Meldung wert. Typischerweise verlegte man in dem Bericht den Fundort der Leiche fälschlicherweise ebenfalls nach Appenzell Innerrhoden, obwohl nur der lebende Matzenauer dorthin gehörte. Ungenauigkeiten dieser Art sind wir hier gewohnt. Ausserhalb des winzigen Landstrichs versteht aus nachvollziehbaren Gründen kein Mensch, warum das kleine Appenzellerland sich noch einmal in zwei Halbkantone aufspaltet. Weshalb man der Einfachheit halber vom Appenzell spricht. Das lässt zwar einige Sprachpuristen innerhalb der Kantonsgrenzen nach wie vor aufheulen, doch die meisten nehmen solche Ungenauigkeiten mit einem Achselzucken zur Kenntnis. Wobei hinzukommt, dass der Hauptort des Kantons Appenzell Innerrhoden ebenfalls Appenzell heisst – um die Verwirrung zu vollenden …

Das Fernsehen hatte eine Reporterin ins Dorf Appenzell auf den dortigen Landsgemeindeplatz geschickt, wo in wenigen Tagen Emil Matzenauer hätte gewählt werden sollen. Die Stimmen und Mienen, die sie auffing, zeugten alle von echter Betroffenheit. Man trauerte, das war offenkundig, um einen beliebten Mann. Und man trauerte, ohne es zu sagen, um den geplatzten Traum vom nächsten Appenzeller König. Dachte ich jedenfalls bei mir.

Auch das Fernsehen hatte keine Neuigkeiten zur Todesursache. Es war abzusehen, dass diese Frage noch einige Tage lang die Schlagzeilen beherrschen würde. Die Tagesschau zeigte auch einige Bilder von den Scharen von Reportern und Kamerateams, die in das sonst so beschauliche Dorf Appenzell eingefallen waren.

Ich sandte ein Dankgebet an einen unbekannten Adressaten, dass mein Freund Karl, wie ich ihn seit heute wieder nenne, mit Garantie dafür sorgen wird, dass ich als Finder der Leiche anonym bleibe. Die Zeiten, in denen ich das Rampenlicht geliebt und deshalb gesucht habe, sind längst vorbei und gehören zu meinem früheren Leben. Nicht auszudenken, wenn plötzlich Massen meiner früheren Berufskollegen diesen Hügel emporstürmen, um von mir blutige Details zu erfahren …

So aber kann ich in der Abgeschiedenheit meines kleinen Häuschens auf dem Tannenhügel in Ruhe über den Fall nachsinnen, in den ich da ebenso unvermutet wie ungewollt hineingeraten bin – wenn auch, zugegeben, nur ganz am Rande. Für mein unermüdliches Gehirn, das sich liebend gerne mit rätselhaften Dingen beschäftigt, die mich eigentlich gar nichts angehen, ist das natürlich ein gefundenes Fressen.

Deshalb holte ich mir noch einmal die Fotos vom Fundort, die ich gestern gemacht hatte, gross auf den Bildschirm. Dabei stieg ein inneres Bild auf, das ich bisher erfolgreich verdrängt hatte: Während meiner Zeugenvernehmung am Fundort hatte ich einen Blick auf die Leiche erhascht, der mich ziemlich geschockt hatte. Am Kopf klebten nur noch vereinzelte Blutreste – klar, die meisten waren vom Wasser abgespült worden –, und deshalb war umso deutlicher sichtbar, dass er Mus war.

Nachträglich bin ich richtig dankbar, dass ich kein Foto davon machen konnte, mir reicht mein innerer Bildschirm. Ich wartete, bis das Bild verblasste, und wandte mich wieder meinem Rätsel zu. Immerhin war der Zustand des Kopfs ein deutliches Indiz dafür, dass eine Sturzverletzung zum Tode Matzenauers geführt haben könnte. Die Fallhöhe war ausreichend, sofern man unten auf harten Fels aufschlug.

Ein Fall von der nördlichen Seite der Brücke kam kaum in Frage, denn dann hätte der tote Körper flussaufwärts in den Tümpel unter der Brücke gelangen müssen. Aus eigenen Kräften wäre das schwierig gewesen, und eine andere Transportart fiel mir nicht ein. Dazu kommt, dass das Bachgelände nördlich der Brücke eher sandig ist.

Hingegen bot die südliche Seite der Brücke sehr wohl Anlass zu Spekulationen über einen Sturztod. Dort gibt es, wie ich meinen Bildern entnehmen konnte, kompakten Felsen, auf den man bei einem Sturz aufprallen würde. Und dieser Felsen wiederum neigt sich direkt in den Tümpel, in dem ich die Leiche entdeckt habe.

Der Körper konnte nach dem Sturz gut über den schrägen Felsen in den Tümpel gerutscht sein. Entweder sofort oder später. Karl hatte von mindestens einer Woche gesprochen, welche die Leiche im Wasser gelegen habe. Und vor ziemlich genau einer Woche hatte es als kurzfristige Unterbrechung einer langen Trockenperiode ein heftiges Gewitter gegeben, das die Bäche hatte leicht anschwellen lassen, wenn auch nur vorübergehend. Das allerdings hätte ausgereicht, um die Leiche in den Tümpel zu schwemmen, selbst wenn sie vorher noch auf dem Felsen gelegen hätte.

Nicht ausgereicht hätte das kurzzeitige Anschwellen des Baches, um die Leiche über eine längere Strecke bachabwärts zu transportieren. Das sah ich selbst auf meinen, nur ein kurzes Stück des Bachoberlaufs erfassenden, Bildern. Die Leiche wäre sehr schnell irgendwo stecken geblieben.

Nein, ein Sturz direkt von der Südseite der Brücke ist bei Weitem die wahrscheinlichste Variante. Bleibt nur die Frage, warum dieser Matzenauer von der Brücke gestürzt ist. Und da komme ich auch nicht weiter als die Spekulationen der Medien und der Polizei. Es gibt drei so plausible wie unwahrscheinliche Möglichkeiten.

Ein Unfall ist denkbar. Die Brücke hat auf beiden Seiten einen mit einem Geländer gesicherten Gehweg. Dieses Geländer hat sicher Normhöhe. Doch ich habe heute auf den reichlich genossenen Bildern von Matzenauer gesehen, dass dieser fast so gross war wie ich. Wenn man sich mit einer solchen Körperlänge über ein derartiges Geländer beugt, etwas weit vor, zum Beispiel, weil man kotzen muss, kann man schon mal das Gleichgewicht verlieren und vornüberkippen, und schon ist man weg vom Fenster. Im stotzigen (steilen) Appenzellerland sind immer mal wieder mehr oder weniger besoffene Typen durch einen Sturz in eine Bachschlucht, die man hierzulande Tobel nennt, zu Tode gekommen.

Bloss, warum soll ein Typ wie Emil Matzenauer weit weg von seiner Heimat (und für Innerrhödler ist das Appenzeller Vorderland, zu dem die Bleiche gehört, weit weg) besoffen über einem Geländer hängen und kotzen?

Dieselbe Frage stellt sich für die Variante Selbstmord. Warum sollte ein Innerrhödler, der sich umbringen will, ausgerechnet von einer Brücke zwischen Wald und Trogen in die Tiefe springen? Dafür hat man in Innerrhoden, übrigens der Kanton mit der höchsten Suizidrate der Schweiz, andere Methoden. Die Geschichten vom wortkargen Bauer, der seinen Kummer so lange in sich hineinfrisst, bis er sich ohne Vorankündigung in der Scheune erhängt, sind mehr als Legenden. Zudem: Hätte ein so umsichtig planender Mensch wie Matzenauer wirklich diesen Weg gewählt, wenn er seinem Leben selbst hätte ein Ende bereiten wollen? Gut, die virtuelle Besichtigung des «Tatorts» auf meinen Bildern zeigt, dass die Wahrscheinlichkeit, durch einen Sturz an dieser Stelle zu Tode zu kommen, beträchtlich ist. Bei nüchterner Betrachtung bleibt doch das Restrisiko, nicht gleich zu sterben. Und das stelle ich mir ziemlich unangenehm vor.

Natürlich könnte Matzenauer über das Geländer gestossen worden sein. Bloss von wem? Und wozu? Und warum ausgerechnet hier? Fragen über Fragen. Momentan scheint dieser Fall zu jenem Reich zu gehören, das ich «die ungelösten Rätsel der Natur» zu nennen pflege. Überhaupt liegt es nicht an mir, diese Rätsel zu lösen. Deshalb genehmige ich mir noch einen Schluck und gehe dann schlafen.

Mittwoch, 20. April

So ähnlich wie ich gestern Nacht spekulieren heute die Medien. Dabei ist die Mord-Theorie deutlich zurückgefallen. Es fand sich in ganz Appenzell und Umgebung bisher keine einzige Stimme, die Matzenauer auch nur einen Gegner, geschweige denn einen Feind zugetraut hätte, der zu so etwas fähig gewesen wäre. Doch auch für die beiden anderen Theorien spricht bisher wenig. Der Fall bleibt rätselhaft.

Donnerstag, 21. April

Auch heute keine wesentlichen neuen Fakten. Der «Blick» meldet, dass Matzenauer gerne und oft im Appenzeller Vorderland gewandert sei, angeblich, weil er dort weniger angequatscht würde.

Freitag, 22. April

Heute war die Beerdigung von Matzenauer. Statt dorthin zu gehen, habe ich mich mit Karl zum Mittagessen in der «Krone» verabredet. Ich selbst war dem zu Grabe Getragenen ja nur einmal unter makaberen Umständen begegnet und hatte deshalb keinen ausreichenden Grund zur Teilnahme. Karl murmelte etwas von Kompetenzgerangel zwischen Innerrhoder und Ausserrhoder Polizei, weshalb er sich dort nicht blicken lassen wolle.

Der Fall Matzenauer bildete bei unserem Tischgespräch das einzige Thema. Ich erfuhr dabei manches, von dem die Medien, und damit die Öffentlichkeit, keine Kenntnis hatten. Karl wusste, dass er mir ein paar Geheimnisse anvertrauen konnte. Als er das zum ersten Mal tat, hatte er mich gewarnt. Er würde in seine Informationen für mich immer ein paar leicht abweichende Details einbauen, sodass er mich, falls doch was davon durchsickern würde, sofort als Quelle identifizieren könne, und dann brächte ich wirklich kein Bein mehr auf den Boden. Es brauchte diese Drohung gar nicht. Ich hatte im Laufe eines langen Lebens gelernt, Geheimnisse für mich zu bewahren. Es fiel mir leicht zu akzeptieren, dass er mit seinen Plaudereien weniger mir als vielmehr sich einen Gefallen tat. Es tat ihm gut, mal mit einem Aussenstehenden über dieses oder jenes zu plaudern und so eine andere Sichtweise kennenzulernen.

Item, ich erfuhr von ihm, dass der Todeszeitpunkt tatsächlich rund eine Woche vor meinem Fund lag. An jenem Samstag hatte sich Matzenauer für eine Woche verabschiedet. Er wollte mit polnischen Geschäftsfreunden in den Karpaten jagen gehen, in einer abgelegenen Gegend, in der es keinen Handyempfang gab. Für absolute Notfälle war eine Kommunikationsmöglichkeit vorgesehen, doch dieser Fall war nicht eingetreten. So respektierte man seinen Wunsch nach Rückzug, bevor der Trubel und die Belastungen mit der geplanten Wahl zum Landesfähnrich noch einmal grösser werden würden.

Die Befragungen von der Familie, den Geschäftspartnern und Freunden hatten ergeben, dass dieser sporadisch auftretende Wunsch nach totalem Rückzug ein Wesenszug Emil Matzenauers war. Etwas, das er brauchte, um ansonsten auf hohem Energieniveau zu funktionieren.

Deshalb hatte es auch niemanden gewundert, dass Matzenauer ausgerechnet jetzt eine Woche verschwinden wollte.

Aussenstehenden mochte es seltsam vorkommen, dass sich der Kandidat für eine wichtige Wahl drei Wochen vor dieser aus dem Wahlkampf abmeldet. In Appenzell Innerrhoden jedoch gibt es keinen klassischen Wahlkampf. Bei gerade mal sechzehntausend Einwohnern kennt jeder jeden – und damit auch den Kandidaten. Weitere Aktivitäten zur Vorstellung und Bekanntmachung eines Kandidaten sind unnötig, schon gar, wenn es sich dabei um einen so bekannten Mann wie Emil Matzenauer handelt. Seinen eigentlichen Wahlkampf hatte er lange zuvor, als es um die Nomination zum Kandidaten ging, in diversen Versammlungen der Partei und verschiedener Vereinigungen absolviert. Danach war das Rennen gelaufen, seine persönliche Anwesenheit überflüssig.

Offenbar war Matzenauer aber an jenem Samstag nicht nach Polen gegangen, sondern gestorben. Erst am Samstag darauf wurde er von seiner Ehefrau vermisst, als er nicht wie angekündigt nach Hause zurückkehrte. Sie hatte sich noch am selben Abend an die Polizei gewandt, welche die Sache angesichts der Prominenz des Vermissten natürlich diskret behandelte. Immerhin war die Meldung auch an die benachbarten Kantone gegangen, weshalb die Ausserrhoder Polizei «meine» Leiche auch so schnell identifizieren konnte.

Ob die geplante Polenreise überhaupt stattfand, bleibt unklar. Die Notfallleitung führte zu einer Nummer, die seit ein paar Tagen nicht mehr in Betrieb war. Und niemand kannte Namen oder Adressen der angeblichen Jagdfreunde. Matzenauer hatte daraus ein Geheimnis gemacht, er brauche schliesslich auch seine privaten Lebensräume.

Dann kam der Hammer. Matzenauer hatte eine Geliebte. Und zwar nicht nur eine Ausserrhödlerin, was ja schon schlimm genug wäre für einen, der in Innerrhoden etwas werden will, sondern auch noch eine Muslima, und zwar eine freiwillig konvertierte.

Karl kicherte, als er mir ausmalte, was das für einen Aufruhr gegeben hätte, wenn man im Innerrhodischen davon erfahren hätte: Der vorbildliche Katholik und Familienvater.

Eine Geliebte. Und dazu eine Mohammedanerin. Nicht auszudenken.

Wie sie das denn rausgekriegt hätten, wollte ich wissen. Ich erfuhr, dass das ebenfalls vermisste Auto von Matzenauer, mit dem er angeblich zum Flughafen fahren wollte, aufgetaucht sei. Einem aufmerksamen Nachbarn war aufgefallen, dass an einem nur von Eingeweihten einsehbaren Ort während längerer Zeit ein vornehmes Auto mit Kennzeichen AI offenbar ungenutzt herumstand. Er hatte diese Beobachtung der Polizei gemeldet, und die hatte herausgefunden, dass der Parkplatz zum Haus von besagter Geliebter gehörte – übrigens nur ein paar hundert Meter weg vom Fundort der Leiche. Das beantwortete auch eine Frage, die ich mir schon gestellt hatte, nämlich wie Matzenauer überhaupt in die Bleiche gekommen war. Mit dem Auto bis ganz in die Nähe, und den Rest vermutlich zu Fuss.

Wo genau das Haus der Geliebten liegt, wollte mir Karl nicht verraten. War vielleicht auch besser so. Jedenfalls hat die Geliebte erklärt, Karl hätte sie gebeten, das Auto ein paar Tage bei ihr stehen lassen zu können, ohne Angabe von Gründen übrigens. Aber Angaben für die Gründe seines Tuns hätte sie von Emil ohnehin nie gehört und sich deshalb auch nicht weiter gewundert. Als sie dann aus der Zeitung von seinem Tod erfahren habe, hätte sie sich davor gefürchtet, dass ihr Verhältnis bekannt würde, und sich deshalb nicht bei der Polizei gemeldet. Einen Schlüssel, um das Auto wegzufahren, habe sie nicht gehabt, und selbst wenn, dürfe sie als überzeugte orthodoxe Muslima ohnehin nicht Auto fahren.

So nahm das Schicksal seinen Lauf, und das Verhältnis wurde doch entdeckt, jedenfalls von der Polizei. Die war von ihren Kollegen aus AI gebeten worden, die Sache sehr diskret zu behandeln, und so hatte die Polizei aus AR nur gemeldet, der Wagen Matzenauers sei auf einem abgelegenen Stellplatz nicht allzu weit vom Fundort der Leiche gefunden worden.

Wir stimmten darin überein, dass die Angst vor der Entdeckung seines Verhältnisses ein theoretisches Motiv für einen Suizid sein könnte, aber eben auch nur ein theoretisches. Schliesslich leben wir im 21. Jahrhundert, und im benachbarten Bayern ist ein Minister der CSU, die mit der CVP verschwistert ist, trotz eines öffentlich bekannten Verhältnisses samt Kind Ministerpräsident geworden – da würde doch auch das katholische Appenzell so was verkraften, und ein Mannsbild im vollen Saft wie Emil Matzenauer käme deswegen nicht auf die Idee, sich umzubringen.

Auch Karls Geheiminformationen haben mich der Lösung des Falls nicht wirklich näher gebracht. Ich bleibe ratlos.

Samstag, 23. April

Die heutigen Zeitungen aus der Region und darüber hinaus sind voll mit Berichten über die Abdankungsfeier für Emil Matzenauer. Überall wird nur Gutes, nein, das Beste über ihn zitiert und geschrieben. Demnach muss er ein wahrhaft guter Mann gewesen sein, im Sinne von edel, hilfreich und gut. Seine Leistungen für den Stand Appenzell Innerrhoden erscheinen in strahlendem Licht. Auch wenn ich dazu ein bisschen mehr weiss, weiss ich es nicht wirklich besser. Wer wollte schon den Stab über einen Ehebrecher brechen?

Sonntag, 24. April

Heute hat der Wind in den Sonntagszeitungen radikal gedreht. Jetzt beginnt die mediale Demontage des bisher so strahlend reinen Bilds von Emil Matzenauer. Und zwar gleich in verschiedenen Rubriken. Auf den Wirtschaftsseiten wird über dubiose Geschäftskontakte mit Regimes berichtet, deren starkes Interesse an seiner Verschlüsselungstechnik in krassem Gegensatz zu ihrer schlechten Reputation in der Völkergemeinschaft steht. Ein altes Interview wurde wieder ausgegraben, in dem Matzenauer ziemlich arrogant erklärt, solange es keine offiziellen Sanktionen gegen ein Regime gebe, sähe er keinen Grund, mit diesem keine Geschäfte zu machen – schliesslich sichere das Arbeitsplätze in der Schweiz und vor allem in Appenzell.

Die Politikseiten berichteten von anonymen Informanten, die ein dunkles Bild von Emil Matzenauer zeichneten. Ein skrupelloser Karrierist sei er gewesen, der Menschen ohne Rücksicht auf Verluste für sich eingespannt habe, um sie bei Bedarf fallen zu lassen. Und auf den Klatschseiten wurden erstmals Gerüchte um eine Geliebte erwähnt, noch sehr vorsichtig formuliert, aber doch so, dass man annehmen durfte, es stecke ein wahrer Kern dahinter.

Dienstag, 26. April

Der gestrige Ostermontag war ein zeitungsloser Tag, was mir immer ein gewisses Unbehagen verursacht, fühle ich mich doch an solchen Tagen eines mir wichtigen Rituals beraubt. Umso stärker kratzen heute die Zeitungen am schon ziemlich ramponierten Lack des Denkmals Matzenauer. Der «Blick» hat die Geliebte ausfindig gemacht, so gut war die Tarnung des Verhältnisses offenbar doch nicht. Tränenreich erklärt sie in Wort und Bild (wenngleich mit einem schwarzen Balken über den Augen), sie hätte Emil richtig geliebt, trotz (oder vielleicht wegen) seiner Vorliebe für seltsame Sexpraktiken im Wetterhäuschen. Auch die Geschichte mit dem Auto erzählt sie so, wie ich sie schon kannte.

Nun ja, von wegen orthodoxe Muslima, als solche hätte sie sich sicher nie auf ein Verhältnis mit einem verheirateten Mann eingelassen, wie die ersten empörten Online-Leserbriefschreiber alsbald anmerkten …

Mittwoch, 27. April

Ausgerechnet die «NZZ» berichtet heute unter Berufung auf einen vertrauenswürdigen Informanten aus der Bankenszene, die «Interkrypt» stecke in ernsthaften finanziellen Schwierigkeiten. Es habe zu viele Zahlungsausfälle bei dubiosen Kunden gegeben, und die Expansion sei etwas gar schnell verlaufen, was die Banken zu grösster Zurückhaltung bewegt habe.

In einem kurzen Telefongespräch erzählt mir Karl, auch der Polizei sei die Geliebte verdächtig vorgekommen. Sie habe jedoch ein einwandfreies Alibi. Sie sei während der fraglichen Zeit bei einer Freundin in Istanbul gewesen und käme somit als Täterin für einen Mord, den es wahrscheinlich ohnehin nie gegeben habe, nicht in Frage.

Donnerstag, 28. April

»Tele Ostschweiz» berichtet stündlich über eine sensationelle Wendung im Fall Matzenauer: Ein Psychiater aus der Stadt St. Gallen habe sich vertraulich an die Polizei gewandt und mitgeteilt, Emil Matzenauer sei seit geraumer Zeit bei ihm wegen einer schweren Depression in Behandlung gewesen. Ein Berufskollege erklärt in einem Interview, es sei sehr gut möglich, dass ein Depressiver seine Krankheit lange vor seiner Umgebung geheim halten könne. Und ja, bei einer solchen Depression sei das Suizidrisiko massiv erhöht. Wohl würde dieses durch entsprechende Medikamente gemildert, doch manche Patienten neigten dazu, die Antidepressiva eigenmächtig abzusetzen, und das würde kurzfristig zu einer deutlich erhöhten Selbstmordgefahr führen.

Die Kantonspolizei von Appenzell Innerrhoden, die mittlerweile die ganzen Ermittlungen an sich gezogen hat, teilt auf Anfrage mit, es hätten sich definitiv keinerlei Anzeichen von Fremdeinwirkung gefunden. Die toxikologische Untersuchung hätte einen ordentlichen Alkoholpegel angezeigt, jedoch keine Spuren von Antidepressiva. Sie ginge deshalb endgültig von einem Suizid aus, aufgrund der Depression Matzenauers, die durch akuten beruflichen und privaten Stress noch verstärkt worden sei.

Freitag, 29. April

Die These vom Selbstmord wird ausnahmslos von allen Medien geteilt. Zu erdrückend erscheinen die Indizien, auch wenn dem einen oder anderen Blatt ein schöner saftiger Mord besser ins Konzept gepasst hätte. Da und dort wird noch etwas über das Unfassbare einer solchen Tat räsoniert, doch es ist unverkennbar: Für die Medien ist der Fall abgeschlossen. Ausgelutscht.

Samstag, 30. April

Heute Nachmittag ist Karl auf ein Glas Wein zu mir auf den Hügel gestiegen. Er wirkte noch immer ziemlich sauer darüber, dass ihm der Fall weggenommen worden war – aus höheren Interessen im Sinne des guten Verhältnisses zwischen den beiden Appenzeller Halbkantonen, wie er leicht sarkastisch anmerkte. Und auch damit, dass der Fall jetzt endgültig zu den Akten gelegt werden sollte, war er nicht einverstanden. Jedenfalls mir gegenüber könne er seinem Missfallen Ausdruck verleihen, ansonsten, meinte er seufzend, bliebe ihm gar nichts anderes übrig, als brav den Mund zu halten.

Immerhin seien etliche Fragen offengeblieben, zum Beispiel, was Matzenauer eigentlich bei seiner Geliebten gesucht habe, obwohl die doch gar nicht da war, sondern weit weg in der Türkei. Und warum diese Geliebte nichts davon erzählt habe, dass sie gar nicht dabei war, als ihr Emil seinen Wagen vor ihrem Häuschen abgestellt hat.

Ich erzählte Karl von meinem wesentlichen Einwand gegen die Selbstmordtheorie, dass ein Mann wie Matzenauer doch höchstwahrscheinlich eine weniger risikobehaftete Methode gewählt hätte. Karl hatte sich das auch schon überlegt und stimmte mir zu. Wir waren uns einig, dass etwas an dieser Geschichte nicht stimmte. Auch darüber, dass uns unser Gefühl gar nichts half. Der Fall war abgeschlossen, und damit basta.

Unseren Frust spülten wir mit vielen Gläsern gut gekühlten Appenzeller Alpenbitters herunter. Die kleine Perversion, dieses seltsame Gesöff zu mögen, teilten wir wie so manches andere. Das führte dazu, dass unser Alkoholpegel so weit anstieg, dass der Kriminalbeamte Karl Abderhalden unmöglich mit dem Auto nach Hause fahren konnte und deshalb seinen Rausch in meinem Gästebett ausschläft. Ich vertrage etwas mehr, immerhin konnte ich noch diese Notizen machen …

Sonntag, 1. Mai

In der letzten Nacht, in der wir appenzellerselig schlummerten, hat eine Kaltfront die lange Trockenperiode abgelöst. Der Regen fällt wolkenbruchartig seit Stunden, die Temperatur ist brutal gefallen, und es weht ein unangenehm böiger Wind. Ausgerechnet heute musste ich zur Landsgemeinde nach Appenzell.

Mein gegenwärtiger Hauptkunde hat dort seinen Sitz. Die dazugehörige Marketingchefin hat irgendwie einen Narren an mir gefressen und wollte mich unbedingt als Gast bei der Landsgemeinde dabeihaben. Da diese im weiteren Sinne inhaltlich mit unserem gemeinsamen Projekt zu tun hat, konnte ich schlecht Nein sagen, und eine kurzfristige Absage hätte sie, der überzeugte Landsgemeindefan, schon gar nicht verstanden.

Also griff ich zur wärmeren Regenjacke, die ich das letzte Mal auf meiner folgenreichen Tour zur Bleiche angehabt hatte. Karl fuhr mich, den überzeugten und mangels pekuniärer

Ressourcen gezwungenen Nichtautomobilisten, netterweise nach Appenzell.

Die Stimmung dort entsprach dem scheusslichen Wetter. Kein Wunder, an diesem Tag hätte Emil Matzenauer eine weitere Sprosse seiner glanzvollen Karriereleiter erklimmen sollen, und nun lag er tot auf dem Friedhof der nahen Pfarrkirche St. Mauritius. Die CVP hatte schnell einen Ersatzkandidaten aus dem Hut gezaubert – eine so machterprobte Partei hat immer einen Plan B in der Hinterhand. Auch der ist ein tüchtiger Mann, wenngleich ein wenig blass und glanzlos. Und genau so ist er auch gewählt worden. Ohne eine Spur jener Begeisterung, die bei der Wahl Matzenauers ausgebrochen wäre. Und der hätte es sicher auch noch geschafft, für besseres Landsgemeindewetter zu sorgen oder mindestens für eine bessere Stimmung.

Zum allgemein empfundenen Glück standen dieses Jahr keine umstrittenen Geschäfte auf der Tagesordnung. Dennoch war es eine bisher unbekannte Erscheinung, dass überhaupt niemand das Wort ergriff. Alle Geschäfte wurden lustlos durchgewunken, niemand verspürte das Bedürfnis, sich zu ihnen zu äussern. Zu sehr troff das Nass von den altmodischen Hüten und Mänteln der Regierungsräte vorne auf dem Podium, zu stark pfiff der Wind über den Platz. Und zu stark hing wie eine dunkle, schwere Wolke die Erinnerung an Emil Matzenauer und seinen unrühmlichen Tod über den Frauen und Männern, die sich zu ihrem jährlichen urdemokratischen Ritual versammelt hatten.

So war die Landsgemeinde in Rekordzeit vorbei. Alles beeilte sich, in die umliegenden Gaststätten oder direkt nach Hause zu kommen, und auch ich bestieg den nächsten Zug. Eine ziemlich komplizierte Route führte mich unter mehrmaligem Umsteigen nach Hause.

Dort angekommen leerte ich nach alter Gewohnheit die Taschen meiner Jacke. Ganz offensichtlich hatte ich das nach der Rückkehr vom Leichenfund nicht getan. In der rechten oberen Aussentasche steckte etwas, was ich an jenem Tag gefunden und aufgelesen hatte. Direkt am Fundort. Heute früh war ich überhastet aufgebrochen und hatte nicht bemerkt, dass in einer Tasche noch etwas steckte. Heute Mittag an der Landsgemeinde hatte ich meine Hände immer in den unteren Aussentaschen vergraben. Zudem hatte mir die gedrückte Stimmung so aufs Gemüt geschlagen, dass ich nicht mal ein ausgewachsenes Kaninchen in einer meiner Taschen bemerkt hätte.

Dasselbe muss mir auch beim Fund der Leiche und dem anschliessenden Polizeiverhör passiert sein. Nur so kann ich mir erklären, dass ich bis heute diesen Fund total vergessen hatte. Erst jetzt ist die Szene wieder voll da: Nur wenige Meter unterhalb des Tümpels, in dem Matzenauers Leiche dümpelte, lag ein knallrotes Plastikarmband. Ein schmaler Streifen Sonnenlicht brachte es so penetrant zum Leuchten, dass ich es selbst in meinem leichten Schockzustand nicht übersehen konnte. Ich muss ziemlich weggetreten oder mindestens völlig gedankenverloren gewesen sein, als ich es einfach einsteckte, um es dann schlicht zu vergessen.

Jetzt hatte ich es in meiner Hand und stellte zunächst fest, dass das Band vollständig durchgerissen war. Zusammengehalten wurden die beiden Hälften durch eine Konstruktion dort, wo bei einem Schmuckarmband die Juwelen sind. Hier handelte es sich um eine schlichte, flache Konstruktion aus demselben roten Plastik wie der Rest des Armbands.

Ich zog die beiden Hälften, die durch einen Spalt getrennt waren, auseinander. Links bildete das Plastik einen viereckigen Hohlraum, in den der rechte Teil, der aus Metall war, exakt hineinpasste. Bei näherer Betrachtung erwies sich das Metallteil als USB-Stick. Offenbar handelte es sich um ein mehr oder minder originelles und sicher preisgünstiges Werbegeschenk.

Dieser Eindruck wurde verstärkt, als ich die Innenseite des eigentlichen Bands studierte und dort ein Firmenlogo entdeckte. Ich zog es näher zu meinen nicht mehr ganz taufrischen Augen und konnte es schliesslich entziffern: «Interkrypt». Und da fiel es mir wie Schuppen von den Augen: Das Band musste am Arm von Emil Matzenauer gehangen haben und beim Sturz zerrissen sein. Vielleicht war es bis dorthin geflogen, wo ich es gefunden hatte, vielleicht hatte es auch der schon erwähnte Regenguss dorthin geschwemmt. Dann wäre freilich ungewiss, ob sich allfällige Daten darauf erhalten hätten. Obwohl, das Ding war gut gearbeitet, Schlüssel und Schloss passten nahtlos ineinander, was den Stick durchaus trocken hätte halten können.

Es blieb nur der praktische Versuch. Ich steckte den USB-Stick in einen der entsprechenden Anschlüsse meines Macs, wartete, bis das Symbol für einen unbekannten Datenträger auf dem Bildschirm erschien, und schaute nach, was darauf war. Es gab nur eine einzige Datei, einen Video-Clip. Ich startete ihn und starrte ziemlich ungläubig auf den Bildschirm: Es handelte sich um einen bekannten Fernsehwerbespot für Appenzeller Käse.

Appenzeller Geheimnisse

Vorbemerkung: Der Fall rund um «meine» Leiche in der Bleiche ist abgeschlossen. Jedenfalls für die zuständigen Behörden und damit auch für die Medien und die Öffentlichkeit. Die Hoffnung, aus meinen Aufzeichnungen eine gewinnträchtige Story zu machen, kann ich mir abschminken. Durch die Wiederentdeckung des roten Armbands mit dem USB-Stick ist die Geschichte jedoch noch einmal ein Stück mehr zu meinem Fall geworden. Deshalb setze ich diese Aufzeichnungen fort. Da sie sicher nicht mehr für die Öffentlichkeit bestimmt sind, könnte sich ihr Charakter verändern.

Montag, 2. Mai

«Mein» Kater Grizzly war auf meinen Schoss gehüpft, als ich mich vor den Computer gesetzt hatte. Vielleicht hat er mit seiner feinen Nase ja die Ausdünstung von Euphorie-Hormonen erfasst, die mich einen Augenblick lang überschwemmten. Während der Mac überprüfte, ob sich auf dem fremden Datenträger etwas Brauchbares befand, hatte ich gehofft, ich würde etwas finden, was das Rätsel um den Tod Matzenauers lösen könnte. Und daraus musste sich doch eine exklusive Story machen lassen. Oder vielleicht waren ja irgendwelche Formeln für ein neues kryptologisches Produkt darauf, und solche Informationen mussten doch irgendjemandem eine Menge Geld wert sein.

Grizzly hatte wohlig geschnurrt, als er meine Vorfreude auf einen warmen Geldregen spürte, wobei ihn das eigentlich nicht zu kümmern brauchte, sein Futter ist ohnehin immer vom Feinsten. Doch leider hatte schon während der Zeit des Wartens auf den Inhalt des Sticks die Euphorie nur einen kurzen Moment angehalten. Dann meldeten sich bohrende Fragen. Wie um Himmels willen soll ich der Polizei erklären, warum ich ein wichtiges Beweisstück unterschlagen habe? Oder wie soll ich an jene Stellen herankommen, die für ein kryptologisches Produkt zweifelhafter Herkunft zu zahlen bereit sind?

Auch diese Fragen erübrigten sich schnell, als klar wurde, dass nur der TV-Spot für Appenzeller Käse auf dem Stick war. Damit brauchte ich nun wirklich nicht zur Polizei zu gehen. Und bezahlen würde dafür ohnehin niemand.

Die alten Fragen war ich jetzt los, dafür hatte ich neue am Hals. Vor allem die, was eine Käsewerbung auf einem Datenträger zu bedeuten hatte, den die von mir gefundene Leiche nicht nur bei sich getragen, sondern sogar um ihren Arm gebunden hatte. Natürlich hatte ich für diese Annahmen keinen wirklichen Beweis. Doch je länger ich mir das innere Bild vergegenwärtigte, auf dem ich das rote Plastikarmband gefunden hatte, desto sicherer war ich mir, dass Emil Matzenauer dieses Band tatsächlich trug, ehe es beim Sturz von seinem Arm gerissen und auf die Felsen unterhalb des Fundtümpels geschleudert worden war.

Wenn das Band mit dem USB-Stick also tatsächlich Emil Matzenauer gehört hat, wovon ich mal ausgehe, bleibt die Frage, was ein erfolgreicher Unternehmer im Hightech-Bereich mit Käse zu tun hat. Die einzige Gemeinsamkeit, die ich sehe, ist, dass beide in Appenzell zu Hause sind. Was tatsächlich ein Charakteristikum dieses Landstrichs ist. In Bayern spricht man in diesem Zusammenhang von Laptop und Lederhose als Symbol für die Verbindung von (bäuerlicher) Tradition mit hochmodernen Wirtschaftszweigen. Ähnliches findet man auch im Appenzellischen, wobei das katholische Innerrhoden dem katholischen Altbayern sicher am meisten gleicht – ausser, dass Bayern zehn Millionen Einwohner hat und Appenzell Innerrhoden eben sechzehntausend.

Damit wäre dieser Landstrich übrigens viel zu klein, um den berühmten Appenzeller Käse, der sich in allen offiziellen Auftritten mit dem Markenschutzzeichen Appenzeller® Käse schmückt (was mir in meinen Aufzeichnungen zu mühsam ist), allein zu produzieren. Hergestellt wird dieser Käse auch im benachbarten Halbkanton Appenzell Ausserrhoden (fünfzigtausend Einwohner) sowie in bestimmten Gebieten der weitaus grösseren Kantone St. Gallen und Thurgau. Doch die Dachorganisation für die Vermarktung des Appenzeller Käses hat ihren Sitz im Dorf Appenzell. Und die Werbung dafür spielt vorwiegend mit Klischees aus dem Innerrhodischen. Somit sind Appenzeller Käse und die «Interkrypt» tatsächlich so etwas wie die appenzellischen Entsprechungen von Lederhose und Laptop.

Welche Verbindungen diese Gegensätze allerdings ausgerechnet in der Person Emil Matzenauers eingegangen sein sollten, bleibt mir ein Rätsel. In den Nachrufen sind zwar einige Verwaltungsratsmandate erwähnt worden, doch sicher wäre es mir aufgefallen, wenn dabei eines für Appenzeller Käse dabei gewesen wäre.

Zu einem anderen traditionsreichen Produkt der appenzellischen Nahrungs- und Genussmittelproduktion gab es allerdings mal eine kurzfristige Beziehung Matzenauers, nämlich zum von mir (und Karl und noch ein paar anderen) so heiss geliebten Appenzeller Alpenbitter. Dieser hatte vor einiger Zeit nach dem Vorbild der langjährigen und erfolgreichen Kampagne für Jägermeister (auch ein Bittergetränk) eine Testimonial-Kampagne nach dem Muster «Ich trinke Appenzeller, weil ...» gestartet, und dabei war Matzenauer in einer Anzeige mit dem Spruch abgebildet «... weil er in mir Heimatgefühle weckt.» Seine Gage hatte er werbewirksam dem Verein zur Pflege appenzellischen Brauchtums gespendet, und beides, Anzeige wie Spenden-Story, ist in den diversen Nachrufen und Rückblenden der letzten Tage ausführlich gezeigt worden.

Ist der Werbespot auf dem Stick etwa ein Hinweis darauf, dass Matzenauer in der Fernsehwerbung für Appenzeller Käse auftreten sollte? Möglich, aber nicht sehr wahrscheinlich. Die Spots, von denen einer auf dem Stick ist, laufen so erfolgreich, dass niemand an eine grundsätzliche Veränderung des Konzepts denken dürfte. Und in diesem Konzept sind die Rollen vergeben: Zwei ältere, knorrige Appenzeller in Sennentracht und dazwischen der bekannte deutsche Schauspieler Uwe Ochsenknecht, der den Sennen dauernd das Geheimnis des einmaligen Geschmacks von Appenzeller Käse abluchsen will – erfolglos natürlich.

Vielleicht liegt das Geheimnis der Botschaft auf dem Stick ja doch im Spot selbst. Ich schaue ihn mir noch mal an, obwohl ich ihn ja in- und auswendig kenne. Das hilft mir herauszufinden, ob der Spot auf dem Stick irgendwelche Abweichungen zum üblicherweise gezeigten aufweist. Ich kann jedoch keine finden.

Wie immer sitzt Uwe Ochsenknecht im gelben Shirt irgendwo auf einer Appenzeller Alp auf einer Holzbank zwischen zwei älteren Sennen im knallroten Sennenchutteli. Der Senn links stützt sich auf seinen Stock, jener rechts säbelt mit seinem Taschenmesser an einem grösseren Stück Käse herum. Uwe Ochsenknecht kaut an einem kleinen Stück Käse und redet, während die Sennen eisern schweigen: «Ihr Appenzeller habt einfach den besseren Käse. Is' so. Hätten wir das Geheimrezept dazu, würden wir alle in Deutschland bleiben. Versprochen!» Dann folgt als Abspann das Bild einer Käseplatte mit einer Stimme aus dem Off: «Das Rezept seines Geschmacks bleibt geheim. Appenzeller – der würzigste Käse der Schweiz.»

Das war es und ist es schon. Das Ganze dauert achtzehn Sekunden.

Gut, eine mögliche Verbindung sehe ich noch. Der Spot baut ganz auf dem Motiv des Geschmack-Geheimnisses auf, und die «Interkrypt», also Matzenauer, beschäftigt sich mit der Verschlüsselung von Geheimnissen. Aber ich sehe keine konkrete Verbindung. Das ist mir zu abstrakt.

Nicht, dass ich im Allgemeinen etwas gegen Abstraktion hätte, im Gegenteil. Auch mit dem Thema Geheimnisse kenne ich mich in letzter Zeit ganz gut aus. Sogar mit den Geheimnissen rund um den Appenzeller Käse. Womit es Zeit wird, ein «Geheimnis» zu enthüllen, das ich in meinen bisherigen Aufzeichnungen gut umschifft habe: Der Kunde für mein gegenwärtiges Hauptprojekt, von dem schon einige Male die Rede war, heisst «Appenzeller Käse».

***

Genauer gesagt «Sortenorganisation Appenzeller Käse GmbH», ein ziemlich kompliziertes Gebilde, das mich aber nicht weiter zu kümmern braucht. Den grundsätzlichen Auftrag der Sortenorganisation habe ich rasch begriffen: «Zu den Kernaufgaben der Sortenorganisation gehört es, Marke und Herkunft zu schützen, Qualität und Absatz zu fördern, die öffentlich-rechtlichen Aufgaben zu übernehmen, die Produktion zu planen und zu regulieren, marktgerechte Preise festzusetzen und die Appenzeller Käsewirtschaft gegenüber Behörden und Öffentlichkeit zu vertreten.»

Ich selbst habe es «nur» mit der Leiterin Marketing und Kommunikation zu tun, einer gewissen Margrit Krummenacher. Sie sandte mir vor einiger Zeit ein Mail, in dem sie auf einen Artikel über Marken-Mythen verwies, den ich kurz zuvor auf meine Website gestellt hatte. Das tue ich manchmal, wenn mir etwas zu einem interessanten Thema einfällt und ich gerade nichts Gescheiteres zu tun habe. Wieder einmal war ich erstaunt darüber, dass überhaupt jemand meine Ergüsse liest. Diesmal war ich sogar hocherfreut, weil mich Frau Krummenacher zu einem Gespräch über ein mögliches Projekt nach Appenzell einlud. Offenbar handelte es sich um ein Buchprojekt, mehr war aus dem Mail nicht zu erfahren.

Ich fuhr also auf den üblichen krummen Wegen mit den öffentlichen Verkehrsmitteln nach Appenzell. Dort empfing mich eine nicht mehr ganz junge Dame aufs Netteste. Und was ich durch eine kleine Recherche im Internet schon herausgefunden hatte, bestätigte sich: Margrit Krummenacher war die Idealbesetzung für diese Rolle. Ihre Erfahrung ist immens, und ihr Sinn für den kleinen, aber feinen Unterschied, der das Geheimnis erfolgreicher Markenpflege bildet, ist mehr als ausgeprägt.

Dass ich fast ein bisschen ins Schwärmen gerate, hat seinen guten Grund. Immerhin ist Margrit Krummenacher verantwortlich für die seit Jahren höchst erfolgreich funktionierende und immer nur leicht abgewandelte Kampagne mit den Sennen als Sympathie- und Geheimnisträger. Die Botschaft dabei ist immer dieselbe: Komme, was wolle – das Geheimrezept verraten die Appenzeller nie.

Ich kann bis heute nur staunen über die Genialität dieser immer wieder gekonnt und witzig umgesetzten Botschaft. Zunächst bedeutet sie: Das Geheimnis ist sicher. Das garantiert, dass Appenzeller Käse authentisch bleibt und von niemandem kopiert werden kann. Echt und authentisch, das sind schon mal zwei Werte, die ein Produkt ungemein veredeln. Doch das Produkt kommt nicht von irgendwoher, sondern von einem Ort, der weit herum wie kein anderer die gefragte urchige und naturnahe Idylle verkörpert. So erhält das Produkt den Heiligenschein totaler Natürlichkeit. Und dafür, dass das so bleibt, sorgen die Ureinwohner dieser Idylle, die glücklicherweise als ziemlich stur gelten – sture Böcke verraten als Letzte ein Geheimnis.

So ungefähr läuft das, weshalb Appenzeller Käse nicht nur in der Schweiz beliebt ist, sondern auch im nahen Ausland – sechzig Prozent der Produktion gehen in den Export, davon zwei Drittel nach Deutschland, wo Appenzeller der beliebteste Schweizer Käse ist.

Wie mir Frau Krummenacher bei unserem ersten Gespräch erklärte, ist sie sich durchaus bewusst, dass der grössere Teil des Erfolgs der Marke Appenzeller – sie schätzt den Anteil auf etwa drei Viertel – auf dem starken Image von Appenzell beruht, also auf den Werten Tradition und Natürlichkeit. Das letzte und damit entscheidende Viertel aber beruhe – sie ist in diesem Punkt zu Recht durchaus selbstbewusst – auf ihrer Innovation, nämlich der Verbindung zwischen Appenzell und Geheimnis. Ich stimmte ihr zu – Menschen lieben Appenzell, und sie lieben Geheimnisse, und wenn sie beides zusammen haben können, fahren sie voll darauf ab.

Daraufhin meinte Margrit Krummenacher, ich hätte die Sache schnell begriffen, und sie hätte mit mir die richtige Wahl für ihr Projekt getroffen. Dabei schenkte sie mir ein Lächeln, das in mir für einen Moment lang vermisste Frühlingsgefühle weckte.

Das hielt zum Glück nicht lange an, und ich konnte mich voll auf ihre Ausführungen zu ihrem Buchprojekt konzentrieren.

Das Ganze lief darauf hinaus, dass sie die Palette ihrer multimedialen Kommunikationsstrategie um das Medium Buch erweitern wollte. Neben Radio- und Fernsehwerbung, Plakaten und Anzeigen, Promotionsständen und Internet sollte auch ein Buch zur Markenpflege eingesetzt werden, als Geschenk für Händler und gute Kunden, als Preis von Gewinnspielen und Ähnliches mehr. Sie stellte sich ein repräsentatives Buch mit hochstehenden Texten und Bildern vor, das mit seiner hohen Werthaltigkeit für den Wert der Marke Appenzeller stehen sollte.

Ich konnte ihr zu ihrem Entscheid nur gratulieren. Das gute alte Medium Buch verkörpert wertvolle Traditionen und passt deshalb bestens zur traditionsreichen Marke Appenzeller, die immerhin eine über siebenhundertjährige Geschichte für sich reklamiert. Und dass zur erstklassigen Qualität von Appenzeller Käse nur ein Buch von erstklassiger Qualität passt, sei mir auch klar.

Noch mehr freudig staunen musste ich, als mir Frau Krummenacher erklärte, sie wolle nicht einfach ein PR-Buch für den Appenzeller Käse mit schönen Hochglanz-Fotos von Bergen, Sennen, Kühen und Käse, sondern das Buch solle den Grundgedanken ihrer Kampagne zum Thema haben: die Verbindung von Appenzell und Geheimnis.. Deshalb stünde der Titel des Buches schon fest: «Appenzeller Geheimnisse».

Vor dieser Idee und vor ihrer Urheberin konnte ich nur meinen inneren Hut ziehen. Die Kurzform der Marke im Titel unterzubringen, die ja einfach «Appenzeller» heisst. Und gleichzeitig die Werbebotschaft vom Geheimnis. Und zwar, und das fand ich besonders clever, gleich in der Mehrzahl, was natürlich den Appetit steigert.

Sie wolle selbstverständlich, fuhr Margrit Krummenacher fort, das Geheimrezept des Appenzeller Käses zu einem Thema des Buches machen, schliesslich habe man nirgendwo sonst so viel Platz, darauf etwas vertiefter einzugehen, ohne es freilich zu lüften. Doch solle das keineswegs das einzige Thema sein, vielmehr solle das Buch auch von weiteren Appenzeller Geheimnissen handeln, und dafür wünsche sie sich ein buntes Spektrum. Ob mir dazu etwas einfalle?

Grundsätzlich ja, meinte ich, aber um die Frage verlässlich beantworten zu können, brauche es den praktischen Test: Ich ginge jetzt nach Hause und schliefe einmal darüber. Wenn mir dann am nächsten Tag, was oft geschehe, etwas einfallen würde, sei der Test bestanden. Ich ginge zwar davon aus, dass es klappen würde, aber ganz sicher könne ich ihr das erst am nächsten Tag sagen.

Sie akzeptierte ohne Zögern und bat mich, zusammen mit den ersten Ideen auch meine Honorarvorstellungen einzureichen. Ich wollte sie eigentlich bitten, mir mehr über das eigentliche Geheimrezept zu erzählen, weil mich das vielleicht inspirieren würde. Doch sie musste schon zum nächsten Termin und riet mir deshalb, mich auf ihrer Internetseite umzusehen. Mehr als dort stünde, könne sie mir auch nicht verraten. Mehr gäbe die offizielle Version nicht her, und über die inoffizielle wüsste sie selbst nicht mehr als ein paar Gerüchte.

Auf der Heimfahrt überlegte ich mir kurz, was Frau Krummenacher mit der Andeutung der Existenz einer inoffiziellen Version gemeint haben könnte. Ein Kontrollteam der Appenzeller Bahnen kam just in dem Moment in den Zug und wollte meinen Fahrausweis sehen. So vergass ich diese Andeutung wieder. Bis eben jedenfalls.

Jedenfalls bin ich ihrem Rat gefolgt und habe auf der Website der Sortenorganisation nachgeschaut, was dort zum Geheimrezept zu finden ist. Die Ausbeute war mager. Unter dem

Obertitel «Herstellung» klang einzig das Stichwort «Kräutersulz» vielversprechend. Es gab dort drei Stichworte mit kurzen Erklärungen zum Geheimnis des Geschmacks des würzigsten Käses der Schweiz:

«Die Pflege: Was den Appenzeller Käse so besonders macht, ist die liebevolle Pflege mit der geheimnisvollen Kräutersulz: Während seiner drei- bis sechsmonatigen Reifung wird der Appenzeller Käse regelmässig mit der einzigartigen Kräutersulz gepflegt. Diese zieht in die Rinde ein und verleiht dem Käse so seinen einzigartigen würzigen Geschmack.

Die Kräuter: Die einzigartige Kräutersulz wird in einem aufwendigen Verfahren aus einer ausgesuchten Mischung von Kräutern, Wurzeln, Blättern, Blüten, Samen und Rinden mittels Destillation und Mazeration (kalter Alkoholauszug) gewonnen.

Die Kräutersulz: Das genaue Rezept der Kräutersulz ist ein streng gehütetes Geheimnis, das von Generation zu Generation weitergegeben wird. Nur gerade zwei Personen kennen die genaue Zusammensetzung dieser einzigartigen Kräutermischung. Sie sind die Einzigen, die Zugang zum Safe haben, in dem das Rezept eingeschlossen ist.»

Eigentlich hatte ich das alles schon gewusst, doch erst jetzt fiel mir ein, wie viel dieser Geheimnis-Mythos mit einem anderen zu tun hat, nämlich mit jenem der berühmtesten Marke der Welt: Coca-Cola. Auch dieser Mythos beruht auf einem Geheimrezept, das in einem blauen Umschlag im Tresor der Sun-Trust-Bank in Atlanta, dem Firmensitz von Coca-Cola, liegen soll. Und standhaft wird behauptet, ausser der Konzernspitze kenne niemand die verborgene Formel. Ein Safe und wenige auserwählte Geheimnisträger: in beiden Fällen der Stoff, aus dem die Mythen sind.

Am anderen Tag mailte ich Frau Krummenacher, der Test sei erfolgreich ausgefallen. Ich hätte etliche Ideen zu historischen Geheimnissen, wie etwa den früheren und späteren Wildkirchli-Bewohnern oder dem Doppelmord auf dem Säntis, zu geografischen wie der Frage, wohin das Wasser des Sämtisersees abfliesst, und natürlich auch zu kulinarischen wie den Rezepten von Appenzeller Alpenbitter oder Gobi-Kola. Wichtig sei eine gute Mischung von mehr oder weniger gut gehüteten Geheimnissen. Ich würde vorschlagen, auch das eine oder andere fiktive, also erfundene Geheimnis darunterzuschmuggeln, um da und dort, ganz dem Thema des Buches entsprechend, eine falsche Fährte zu legen, etwa zum sprechenden Ahornbaum von Rehetobel oder zu den aufgelassenen Bergwerksstollen unterhalb der Rütegg.

In meinem Budgetentwurf schlug ich vor, einen Monat für das Sammeln von Ideen einzuplanen, was von ihr zusammen mit dem übrigen Budget umstandslos genehmigt wurde. Das ist jetzt drei Wochen her. In der ersten Woche sind mir einige gute Ideen gekommen, die ich allerdings noch nicht niedergeschrieben habe, weil der Leichenfund dazwischenkam, der mich doch ziemlich absorbiert hat. Ich merke schon, ich bin nicht mehr der Jüngste …

Die nächste Woche muss ich also nutzen, um ein überzeugendes Konzept zu schreiben. Das sollte mir jetzt wieder leichter fallen, nachdem der Fall Matzenauer geklärt ist. Wenn da nur nicht dieses rote Armband mit dem Käse-Spot wäre. Einerseits führt mich das zwar direkt wieder zu meinem Brötchengeber zurück, andererseits bleibt das ungelüftete Geheimnis, warum Matzenauer ausgerechnet diese Datei bei sich hatte. Noch so ein Appenzeller Geheimnis also, aber ich fürchte, das kann ich schlecht im Buch unterbringen.

Wie dem auch sei, jetzt brauche ich erst mal einen ordentlichen Schluck Appenzeller.

Dienstag, 3. Mai

Heute Mittag klopfte es an der Tür meines Häuschens. Eine Klingel hat dieses nicht. Die wenigen Besucher, die es bis zu mir rauf schaffen, können sich auch so bemerkbar machen.

Ich war gerade daran, eine Idee für ein erfundenes Appenzeller Geheimnis zu entwickeln – nämlich über die unglückliche Liebesbeziehung zwischen einem Spross der Trogener Textil-Dynastie Zellweger, die dort die ganzen schönen Paläste gebaut hat, und einer (verheirateten!) russischen Fürstin, welche dieser Zellweger auf einer seiner Geschäftsreisen zur Niederlassung in St. Petersburg kennengelernt hatte –, und ging deshalb etwas unwillig ob der Störung meines Gedankenflusses zur Tür.

Meine Stimmungslage änderte sich schlagartig, als ich sah, wer geklopft hatte. «Kennst du mich noch?», fragte sie schelmisch. Und ob ich sie noch kannte. Selbst mein notorisch unzuverlässiges Namensgedächtnis liess mich diesmal nicht im Stich. «Adelina», rief ich erfreut und nahm sie erst mal ganz spontan in die Arme.

Wie oft haben wir damals diesen Song von Polo Hofer und seiner Schmetterband gehört: «Adelina». «Dini Marroni-Auge u dis pächschwarze Haar chan'i nieme vergässe, und du weisch, das isch wahr …», summte ich jetzt vor mich hin, wofür sie mir ein hinreissendes Lächeln schenkte. «… häsch mit dim Lache mis einsamä Härze berüert.» Einmal musste ich einem zufällig anwesenden Gast aus Norddeutschland die berndeutschen Sätze übersetzen: «Deine Kastanien-Augen und dein pechschwarzes Haar kann ich nie mehr vergessen, und du weisst, es ist wahr … hast mit deinem Lachen mein einsames Herz berührt.»

Ja, das hatte sie damals, auch wenn keine Liebesbeziehung daraus wurde, dafür war der Altersunterschied zu gross. Auch wenn es kitschig klingen mag: Auf der Herzensebene waren wir uns damals nahegekommen. Und etwas davon war immer noch da, als wir uns jetzt in die Augen schauten.

Fast hätte ich vergessen, sie hereinzubitten. Wie sie zu mir herauf gefunden hätte, wollte ich wissen. Sie erzählte, sie hätte Bäschu (ich weiss bis heute nicht, wofür dieser Name eigentlich steht) angerufen, einen gemeinsamen Bekannten aus jenen Tagen, und der hätte ihr gesagt, wo ich jetzt wohne.

Den Weg dahin hätte sie gut gespeichert gehabt, wir seien damals einige Male hier oben herumgewandert.

Das hatte ich ganz vergessen. Jetzt stiegen die Bilder unserer gemeinsamen Streifzüge wieder auf. Und der Song von Polo Hofer ging mir immer noch im Kopf herum. Irgendwo in meiner iTunes-Sammlung musste er noch sein, und mit der Suchfunktion fand ich ihn schnell. Während wir ein Glas Wasser tranken, hörten wir der Geschichte vom Koch aus der Schweiz und der spanischen Serviererin zu, die einen Sommer lang gemeinsam in einem Berggasthaus arbeiten und sich im Herbst trennen müssen: Adelina ade!

Koch und Serviererin waren wir nicht, statt auf einem hohen Berg waren wir uns in einem tiefen Tal begegnet, und Spanierin ist Adelina auch nicht, sondern Polin. Sonst gab es schon ein paar Gemeinsamkeiten mit dem Song.

Unsere Begegnung dauerte auch nur einen Sommer lang. Auch sie ging zurück, um zu studieren. Beim Abschied nahm ich sie ebenfalls in den Arm, als ob es das letzte Mal wäre, weil wir wirklich nicht wussten, wann wir uns wiedersehen. Und zum Schluss des Songs gibt es diese Zeile, die der sonst auch musikalisch eher schmelzenden Stimmung des Liedes eine feine ironische Krone aufsetzt: «Weiss Gott, ich lerne Spanisch, du wirst es sehen …» Und alle wissen, dass das natürlich nie geschehen wird.

Auch «meine» Adelina war damals mit dem gegenseitigen Versprechen verschwunden, man bleibe in Kontakt. Eine Zeit lang gingen ein paar Mails hin und her, doch dann blieb, wie es oft geschieht, einmal ein Mail so lange auf dem Stapel der nicht so dringenden Erledigungen liegen, bis es zu peinlich oder zu mühsam wurde, noch zu antworten, und so schlief der Kontakt ein.

Jetzt aber war sie leibhaftig da, und ich genoss ihre Gesellschaft. Adelina musste jetzt um die dreissig sein, und der blühende Schmelz ihrer Jugend von damals war natürlich weg, doch die von Polo Hofer in jenen Tagen stellvertretend für mich besungenen Augen und Haare glänzten wie eh und je.

Ihren Gesichtszügen sah man an, dass sie einige harte Erfahrungen durchgemacht haben muss. Doch das machte sie in meinen Augen nur reifer und damit schöner.

Bevor ich es wagte, sie nach der Art dieser Erfahrungen zu fragen, lenkte ich das Gespräch erst einmal auf die alten Erinnerungen an unsere gemeinsamen Zeiten im Bädli. Sie ging gerne darauf ein. Fast zehn Jahre ist das jetzt her, seit sie damals für einige Wochen in der dortigen WG lebte, wo auch zwei gute Freunde von mir ihre Zelte aufgeschlagen hatten, weshalb ich dort oft zu Besuch war und so auch Adelina kennenlernte.

Als wir in Erinnerungen schwelgten, fiel mir ein, dass ich damals vor zehn Jahren meinen allerersten Foto-Essay genau über diese WG im Bädli gemacht hatte. Nach einigem Suchen fand ich die dazugehörigen Texte in den Tiefen der Festplatte meines Macs wieder. Zur besseren Verständlichkeit der Geschichte zitiere ich hier einige Stellen daraus:

«Käme eine Zeitmaschine des Weges, würde die Bewohner der Wohngemeinschaft Bädli im appenzellischen Trogen aufsammeln und in die siebziger Jahre des letzten Jahrhunderts verfrachten, so würden diese dort kaum auffallen. Viel Hippie-Outfit ist vertreten, darunter hat sich ein früher Rocker-Typ gemischt.

Auch das Haus samt umliegendem Gelände würde sich hervorragend als Filmkulisse eignen. Das Ganze liegt in einem Tal unterhalb des Dorfes Trogen. Das gross wirkende Gebäude war einst ein Kurheim mit Badbetrieb, und im dazugehörigen Talgrund staute man den Bach zur sommerlichen Badebelustigung der einheimischen Bevölkerung. Damit ist es längst vorbei, ersatzweise gibt es Open-Air-Konzerte.

Ein wenig Verwunderung ist schon darob, dass hier eine Handvoll Zwanzigjähriger dieselben Träume träumt wie eine Generation, die bald ihre Grosseltern sein könnte. Gibt es sie also doch, die ewige Wiederkehr des immer Gleichen? Doch dann fällt auf: Der Rocker ist bestimmt schon vierzig. Und dann gibt es noch den jungen Mann Mitte dreissig, ganz normal aussehend eigentlich. Die beiden sitzen an ihren Laptops und sind per Internet mit der Welt verbunden, auch wenn es da unten im Tale keinen Handyempfang gibt. Das Haus selbst bietet alle Annehmlichkeiten der modernen Zivilisation. In reizvollem Gegensatz dazu stehen die vergammelten Nebengebäude mit ihrem leicht modrigen Spinnweben-Charme und das Umland mit Bach, das jedes Pfadfinderherz höher schlagen lässt. Zwei Jungs wollen sich im alten Badhaus einen Wohnraum schaffen, einer will in einer Jurte überwintern. Nostalgie pur gemixt mit Elektronik: Die Mischung macht's.

Ursprünglich wohnte Y. allein in dem grossen Haus, doch als er begann, Gespenster zu sehen, holte er sich Wohngenossen. Binnen Kurzem war die Bude voll, und seitdem ist das Leben im Bädli ein einziges rauschendes Fest …

Selbst die Nachbarn, vorwiegend dem etwas herberen Menschenschlag des appenzellischen Bauernstandes entstammend, haben inzwischen gemerkt, dass dies ein Trugbild wäre. Sie mischen sich unters WG-Volk, wenn der ehemalige Kiosk der früheren Badi offen hat, trinken ihr Bier oder ihren Saft und stören sich nicht an den obligaten süsslichen Rauchschwaden. Härteres wird weder ausgeschenkt noch konsumiert. Und auch mit wilden Orgien ist es nicht weit her, das Bädli ist überwiegend eine Männer-WG. Das hat sich so ergeben, als eigentlich jeder einen Platz bekam, der einen wollte, und seitdem haben sich die Fakten so verfestigt, dass Frauen zwar hochgradig erwünscht wären, sich aber nicht gerade drängeln.

Man ist dem Feiern keineswegs abhold im Bädli. Für die wärmere Jahreszeit gibt es das abendliche Feuer, für die kältere eine richtige Bar. Mit einer alten Jukebox – bestes Beispiel dafür, dass in einer Wohngemeinschaft der Grad an verfügbarem Gebrauchsnutzen steigt: Welcher Single hat schon eine eigene Jukebox?

Das Ding bringt der älteren Fraktion Vorteile: Weil es nur alte Platten abspielt, kommt ihr Musikgeschmack auch mal zur Geltung. Wobei die Jugend gerade auf einen Retrotrend steht: Bob Marley und so …

Es herrscht ein ständiges Kommen und Gehen in der WG Bädli. Die Kinder von mittlerweile drei Wochenend- und Ferienvätern wuseln herum. Gäste aus nah und fern strömen herbei und gehen wieder. Und auch die feste Belegschaft der Wohngemeinschaft ist alles andere als fest. Einige bleiben nur für ein paar Wochen oder Monate und ziehen dann weiter. Allmählich kristallisiert sich eine Kernmannschaft heraus, die bleiben will und Pläne schmiedet. Ob jemand aber im Jahr 2010 noch dabei sein wird, ja, ob es eine WG Bädli noch geben wird – wer vermöchte das zu sagen?»

Wir haben beide herzhaft gelacht, als wir diese Zeilen lasen. Vor allem auch bei dieser:

«‹Wenn doch nur dieses Jungvolk etwas mehr auf uns erfahrene Ältere hören würde.› Der Ärger von U. ist heftig. Wieder mal haben die strikt vegetarischen Jungen mit Riesenaufwand ihren Salat gebastelt – und danach ‹vergessen› aufzuräumen. Das chaotische Bild, das die Küche jetzt bietet, stört sie offenbar nicht, wohl aber die ‹älteren› Y. und U.

Dass die Schlachtfelder einer WG fast immer in Küche und Bad zu finden sind, weiss man eigentlich. Was die Konflikt-Linie ‹unterschiedliche Vorstellungen von Ordnung› nicht an der vollen Entfaltung ihrer Wirksamkeit hindert …»

Dass es die WG im Bädli im Jahr 2010 nicht mehr gab, wusste Adelina schon. Ebenso, dass der erwähnte U. nicht mehr lebte – doch das wäre wieder eine andere Geschichte. Jetzt wollte ich erst einmal wissen, was sie in den letzten Jahren erlebt hatte. Vielleicht erfuhr ich so ja auch, warum sie jetzt so plötzlich bei mir aufgetaucht war.

***

Ich kann Adelinas Geschichte natürlich nur in einer Kurzfassung wiedergeben. Aber auch die reicht zur Erklärung, warum ich davon total elektrisiert war. Sie war damals nach

Polen zum Studium der Computerwissenschaften zurückgekehrt, weil sie im EU-Beitritt ihres Landes grosse wirtschaftliche Chancen sah und weil sie einen Beitrag zur Nutzung dieser Potenziale leisten wollte. Ihre Eltern waren in die Schweiz eingewandert, als sie noch ein kleines Mädchen war. Zweisprachig aufgewachsen und nach der Wende öfters auch in Polen, kannte sie beide Welten und hatte sich nach dem kurzen Zwischenspiel im Bädli dafür entschieden, ihr Glück in der alten Heimat zu suchen.

Ein Computer-Crack war sie schon damals. Sie sass vermutlich mehr vor dem Bildschirm als die zitierten U. und Y. zusammen. Was genau sie da trieb, war mir nie klar geworden. Ich wusste nur, dass es etwas mit Recherche-Arbeiten im Internet zu tun hatte. Mehr wollte ich gar nicht wissen, denn für Gespräche über Computer war mir die rare Zeit mit ihr eindeutig zu schade.

Wie sich jetzt herausstellt, habe ich damals gut daran getan, nicht weiter nachzubohren. Denn wie mir Adelina in ihrer Erzählung gestanden hat, hat sie schon damals angefangen, die Grenzen zwischen legaler Recherche und illegalem Hacken zu überschreiten. Später hat sich das noch verstärkt. Die Zeiten waren hart in Polen, die Konkurrenz gross, und Adelinas eigensinniges Wesen hat ihre Chancen auf dem Arbeitsmarkt auch nicht gerade erhöht. So hat sie sich früh selbstständig gemacht und musste zum Überleben manchmal auch Aufträge annehmen, die nur mit juristisch fragwürdigen Methoden zum Erfolg geführt werden konnten. Da Adelina offenbar eine Meisterin ihres Fachs ist, ist ihr nie jemand auf die Schliche gekommen. Bis vor Kurzem jedenfalls.

Die Geschichte, die mir Adelina jetzt erzählte, begann an einer Bar-Theke im Hotel Armonia in Matala auf Kreta. Dort lernte Adelina einen etwa gleichaltrigen Landsmann kennen, den sie Janosch nannte. Ob das sein richtiger Name war, liess sie offen, der weitere Verlauf der Geschichte liess mich daran zweifeln. Jedenfalls stellte sich heraus, dass dieser Janosch ebenfalls in der Ostschweiz aufgewachsen war und wie sie zwischen beiden Kulturen pendelte. Er hatte eine Lehre als Käser gemacht und später Agronomie studiert. Und wie Adelina hatte er in Polen grosse geschäftliche Chancen gewittert, nur eben nicht mit Computern, sondern mit Käse.

Erst durch Adelina habe ich erfahren, dass Käse in Polen kein Thema ist. Das bisschen Appetit auf Käse, das es da gibt, wird mit labbrigen und faden Importen aus Holland gestillt. Nur ganz im Süden des Landes, in den wilden Karpaten, gibt es eine allerdings nur Kennern bekannte Tradition der Käseherstellung aus einheimischer Bergmilch.

Diesen Zustand wollte Janosch ändern. Er fand im hügeligen und bergigen Süden Polens Gegenden, die ihn stark an die Hügel und Berge des Appenzellerlandes erinnerten, wo er gelernt hatte, Appenzeller Käse zu produzieren – nur noch urtümlicher, noch unberührter, noch natürlicher. Daraus musste sich doch etwas machen lassen. So baute Janosch nach und nach einen mittelständischen Käsereibetrieb auf, der nach einer Zeit des Herumprobierens tatsächlich einen qualitativ hochstehenden Alpkäse herstellte.

Doch leider verändern sich die Geschmäcker beim Essen nur langsam. So bevorzugten die Polen in den grossen Städten nach wie vor ihren faden Edamer in Scheiben, statt herzhaft in einheimischen Qualitätskäse aus den Karpaten zu beissen. Was dazu führte, dass der Käsereibetrieb von Janosch in ernsthafte finanzielle Schwierigkeiten geriet.

Als Adelina die Worte «Appenzeller Käse» gehört hat, ist ihr ob der blossen Erinnerung das Wasser im Mund zusammengelaufen, so sehr hatte sie diese geschmackliche Erfahrung ihrer Appenzeller Zeiten vermisst. Da Janosch diese Erfahrung und dieses Vermissen mit ihr teilte, kamen sie schnell ins gemeinsame Schwärmen.

Der reichlich geflossene, wenngleich ziemlich säuerliche Hauswein des Armonia hatte die Gedanken und Zungen der beiden gelockert. Was ihm fehle, so meinte Adelina schon leicht lallend, sei eine starke Marke für seinen Käse. Der könne noch so gut sein, ohne ein Marketing-Image wie jenes des

Appenzeller Käses liesse er sich nie in ausreichenden Mengen verkaufen.

Natürlich stockte mir an dieser Stelle von Adelinas Erzählung der Atem – schon wieder eine unheimliche Begegnung der dritten Art mit Appenzeller Käse. Doch ich hielt den Mund, um ihren Erzählfluss nicht zu stoppen.

Sie werweissten also eine Weile hin und her, wie man eine Marke schaffen könne, die jener des Appenzellers möglichst nahe käme. Bis Janosch in seiner Verzweiflung zu einem rettenden gedanklichen Strohhalm griff: Warum nicht gleich das Original?

Adelina wurde schlagartig wieder fast nüchtern. «Du meinst Produktfälschung?», fragte sie erstaunt. Nicht, weil sie moralische Bedenken gehabt hätte, dafür war sie viel zu pragmatisch, und sie hatte auch schon Informationen recherchiert, von denen sie ziemlich sicher war, dass sie zu eben diesem Zweck gebraucht wurden. Nein, erstaunt war sie über die Idee, nicht Handtaschen oder Uhren zu fälschen, sondern ein Lebensmittel.

Am Beispiel der Handtaschen erklärte mir Adelina an dieser Stelle ihrer Erzählung das Wesen der gehobenen Produktfälschung. Wenn man in Istanbul auf den grossen Basar gehe, fände man dort Handtaschen, die so gut gefertigt seien wie das Original, sodass nur Experten die winzigen Unterschiede erkennen. Was wirklich gefälscht ist, ist der Markenname, sonst gibt es kaum Unterschiede zum Original, ausser dem sehr viel tieferen Preis.

Somit profitieren fast alle von diesem *«genuine fake»*, wie es in der Türkei ganz offiziell auf Ladenschildern heisst: Die Handwerker, die nicht weniger verdienen, als wenn sie für eine grosse Marke arbeiten würden. Die Händler, die einen ordentlichen Gewinn machen. Und die Käuferinnen, die so zu einer Handtasche kommen, die sie sich sonst nie leisten könnten. Nur die grossen Marken verlieren, weil die Fälscher kostenlos von ihren enormen Marketingausgaben profitieren, wobei nicht mal das sicher ist, schliesslich tragen die vielen gefälschten Produkte auch wieder zur Popularität der Marke bei.

Wenn es also Janosch gelingen sollte, einen Käse zu produzieren, den nur noch Experten von einem echten Appenzeller unterscheiden können, müsste er nur noch die leicht nachzumachende Etikette des Appenzeller Käses draufkleben. Und wäre ein gemachter Mann.

Ob dieser Vorstellung kamen sich die beiden näher und landeten zusammen im Bett. Am nächsten Morgen fanden sie die Idee auch im nüchternen Zustand nicht so schlecht. Erst recht, als Adelina kurz ins Internet ging, um einige Zahlen zu recherchieren. Sie fand heraus, dass die Produzenten des Appenzeller Käses das Kilo für etwa zehn Euro verkaufen konnten. Ging man davon aus, dass man die Produktionskosten im unterentwickelten Süden Polens auf ein Viertel reduzieren konnte, was laut Janosch durchaus drinlag, und setzte man ebenfalls einen Viertel Preisreduktion beim Verkauf an, um das Angebot für die Händler attraktiv zu machen, so blieben fünf Euro pro Kilo als Gewinn, oder fünftausend Euro pro Tonne.

Im Jahr 2010 wurden 5.612 Tonnen Appenzeller Käse im Ausland abgesetzt. Wenn da hundert Tonnen gefälschter Appenzeller darunter sind, fällt das niemandem auf. Für die Käserei von Janosch dagegen würde der Fälschungsgewinn eine halbe Million Euro betragen – genug, um den Betrieb zu sanieren und ihm Luft für die weitere Verbreitung der Käsekultur in Polen zu verschaffen. Kein Wunder also, dass sich Janosch und Adelina für die Idee entflammten. Wenn auch nicht füreinander. Sie hatten schon in der ersten Nacht gemerkt, dass aus ihnen kein Paar werden würde. Doch als künftige Geschäftspartner sahen sie sich sehr wohl, als sie kurz darauf nach Hause flogen.

Janosch hatte mit Feuereifer angefangen, einen Käse herzustellen, der dem Appenzeller Original so nahe wie möglich kommen sollte. Seine ersten Mails klangen hoffnungsvoll, dann wurden Inhalt und Ton immer resignierter. Er sei zwar nach wie vor überzeugt, dass die Karpaten in Sachen Gras und Kräuter, gute Luft und sauberes Wasser mindestens so gute Voraussetzungen mitbrächten wie das Appenzellerland, und da er auch schon länger mit aus der Schweiz importiertem Braunvieh arbeite, sähe er nicht, wie er die Qualität der Milch noch steigern könnte. Und wie man daraus Appenzeller Käse herstellt, habe er schliesslich gelernt.

Und doch sei das Ergebnis unbefriedigend. Er, Janosch, sei ja während seiner Lehrzeit immer etwas skeptisch gewesen, ob die geheimnisvolle Kräutersulz wirklich so geschmacksbestimmend sei, doch langsam glaube er wirklich, dass genau diese den entscheidenden Schritt ausmache, der ihm noch fehle. Er habe natürlich versucht, eine solche Kräutersulz selbst herzustellen, zumal er ja schon einige Andeutungen gehört habe, was darin sei. Bisher sei das Werk nicht gelungen, und er verliere langsam die Hoffnung.

Kurzum, was Janosch zur perfekten Appenzeller-Imitation fehlte, war das Geheimrezept für die Kräutersulz. Da er eine Ahnung hatte, womit Adelina ihr Geld verdiente, fragte er sie eines Tages in einem fast schon verzweifelten Ton, ob sie nicht ihre Recherchier-Künste dafür einsetzen könne, dieses Geheimrezept zu knacken, womöglich natürlich mit legalen Mitteln, zur Not ruhig auch mit nicht ganz legalen.

Da Adelinas Mietschulden zu diesem Zeitpunkt ein beängstigendes Ausmass angenommen hatten und da sie Janosch auch helfen wollte, sagte sie zu, zumal dieser aus Quellen, von denen sie lieber nichts wissen wollte, sogar einen ordentlichen Vorschuss organisiert hatte. Schnell zeigte sich, dass auf legalem Weg gar nichts zu machen war. Als sie sich ins System der Sortenorganisation eingehackt hatte, musste sie feststellen, dass es da keinerlei Spur zum Geheimrezept gab.

Ich glaubte Adelina unbesehen, dass sie eine solche Spur entdeckt hätte, wenn es sie gegeben hätte. Offenbar lag das Geheimrezept nirgends in digitaler Form vor, sein Datenträger war tatsächlich einzig das Papier in einem Safe. Digitale

Safes konnte Adelina knacken, mit solchen aus Stahlblech kannte sie sich nicht aus, mal ganz abgesehen davon, dass es auch nirgends einen Hinweis darauf gab, wo sich dieser Safe überhaupt befand.

Also blieben nur die menschlichen Geheimnisträger als Ansatzpunkt. Menschen hatten immer Schwachpunkte, an denen man sie knacken konnte. Allerdings musste Adelina erst herausfinden, wer diese Geheimnisträger überhaupt waren. Dazu fand sie im System der Sortenorganisation nicht den geringsten Hinweis. Bis sie eines Tages heimlich in der Korrespondenz der Chefsekretärin, oder wie das heute heisst, herumstöberte.

Dabei fiel Adelina auf, dass in regelmässigen Abständen eine Einladung zu einem Meeting rausging, welches das geheimnisvolle Kürzel BWK trug. Einmal aber muss die Sekretärin einen schwachen Moment erwischt haben und griff fälschlicherweise zur ausgeschriebenen Version dieses Kürzels: Bewahrungskomitee.

Da wurde Adelina hellhörig. Was bewahrt man denn? Am ehesten ein Geheimnis. Und welches Geheimnis hat der Appenzeller Käse schon – ausser eben dem gesuchten Geheimrezept für die Kräutersulz. Also verfolgte sie diese Spur mit Hochdruck weiter. Es kostete sie stundenlange, schweisstreibende Hackerarbeit, ehe sie herausfand, an wen die Einladungen für die Meetings des Bewahrungskomitees gingen.

Das lag nicht nur daran, dass das System der Sortenorganisation in diesem Bereich wirklich gut gesichert war, sondern auch an einem Denkfehler Adelinas. Sie war ungeprüft von der offiziellen Version ausgegangen, wonach nur zwei Menschen Zugang zum Geheimrezept hätten. Weil sie deshalb immer nur nach zwei Adressaten suchte, entging ihr, dass das BWK in Wirklichkeit aus sieben Personen bestand.

Es war in diesem Fall mehr dem Zufall zu verdanken als ihren sonst nicht hoch genug einzuschätzenden Fähigkeiten, dass Adelina doch noch über die richtige Lösung stolperte und die Mitglieder des Bewahrungskomitees eruieren konnte. Vier der sieben Namen waren keine Überraschung, es handelte sich um Personen aus der Sortenorganisation selbst. Die übrigen drei Namen jedoch konnte Adelina nicht zuordnen.

An dieser Stelle unterbrach ich ihre Erzählung. Um der Geschichte etwas mehr Erdung zu verleihen und der Theorie auch die Praxis folgen zu lassen, tischte ich ein grosses Stück Appenzeller Käse aus dem Dorfladen auf und dazu köstlich duftendes frisches Brot vom Bäcker im «Hirschen», und natürlich ein Appenzeller Bier. Adelina nahm dankbar an. Sie schien Hunger zu haben, und ich entschuldigte mich dafür, dass ich nicht schon früher daran gedacht hatte. Sie nahm die Entschuldigung an und fuhr, nachdem sie eine reichliche Portion verzehrt hatte, mit ihrer Erzählung fort, die jetzt richtig dramatisch wurde.

Adelina hatte gerade angefangen, im Netz Informationen über die drei unbekannten Mitglieder des Bewahrungskomitees zu suchen, als ein neues Fenster auf ihrem Bildschirm aufging, und zwar eindeutig eines, das sie nicht selbst geöffnet hatte. Das war beängstigend genug, bedeutete es doch, dass jemand von aussen die Kontrolle über ihren Computer übernommen hatte – und das bei den hochgezüchteten Sicherheitsmassnahmen, die sie als Profi anwandte.

Noch beängstigender war allerdings der Inhalt der Botschaft in diesem Fenster. Adelina hatte geistesgegenwärtig einen Screenshot gemacht und später ausgedruckt, sodass ich diese Botschaft hier wörtlich wiedergeben kann:

Danke für die gütige Unterstützung durch Deine bisherigen Recherchen. Ab jetzt übernehmen wir. Du bist ab sofort aus dem Spiel, und wenn Du dort nicht bleibst, wird das sehr unangenehme Folgen für Dich und Deine Lieben haben. Hochachtungsvoll, das Polka-Käse-Syndikat.

Diese Botschaft und auch die Art, wie sie zu ihr gelangt war, hat Adelina, die sonst so Coole, dermassen erschreckt, dass sie die Recherchen tatsächlich aufgab. Von einem Polka-

Käse-Syndikat hatte sie natürlich noch nie etwas gehört. Wer auch immer dahintersteckte, musste über beträchtliche Mittel und Fähigkeiten verfügen. Nur wirkliche Supercracks würden es schaffen, in ihren Computer einzubrechen, und solche Typen kosteten. Deshalb nahm sie auch die in der Botschaft ausgesprochenen Drohungen sehr ernst.

Adelina fragte sich, welche Gewinnaussichten hinter so viel krimineller Energie stünden. Dann erinnerte sie sich an die kretischen Zahlenspiele mit Janosch und rechnete nach, dass tausend Tonnen gefälschten Appenzeller Käses schon fünf Millionen Gewinn einbringen würden. Um tausend Tonnen zu produzieren und zu verscherbeln, braucht es allerdings schon eine grössere Organisation, eben ein Käse-Syndikat, und eine solche Organisation würde ziemlich sicher mafiaähnlich aussehen. Grund genug also, die Drohungen ernst zu nehmen. Wer sich unbemerkt in ihren Computer einschleichen und dort alles verfolgen konnte, was sie tat, war fähig, eine solche Drohung umzusetzen.

Adelina beschloss, zu tun wie ihr geraten, also die Fährte, die sie schon ein ganzes Stück näher zum Geheimrezept geführt hatte, aufzugeben und die weiteren Schritte dem unbekannten Syndikat zu überlassen. Worüber sie im Geheimen ganz froh war, weil es ohnehin nicht ihr Ding war, Informationen direkt aus einzelnen Menschen herauszukitzeln. Kitzeln würde das Syndikat vermutlich nicht, aber daran konnte sie nichts mehr ändern. Sie war keine Heldin. So schrieb sie Janosch ein ziemlich nichtssagendes Mail, in dem sie ihm mitteilte, sie sei bei ihrer Suche nach dem Geheimrezept auf unüberwindliche Hindernisse gestossen und müsse die Suche deshalb aufgeben. Den Vorschuss, oder wenigstens einen Teil, würde sie ihm zurückzahlen, wenn es halt ginge, wobei das noch etwas dauern könne.

Das war vor etwa vier Wochen gewesen. Vor ein paar Tagen dann war das Syndikat noch einmal in ihren Computer eingebrochen, um ihr zu zeigen, dass sie und ihr Tun weiterhin unter Beobachtung standen. Die Botschaft war so klar, dass Adelina Hals über Kopf in die Schweiz gereist ist, zunächst ohne Plan, doch dann reifte unterwegs in ihr die Absicht, ihren väterlichen Freund von damals aufzusuchen, womit sie offenbar mich meinte, denn jetzt war sie ja hier bei mir. Ihre Ängste kamen wieder hoch, und ich nahm sie tröstend in den Arm. Das schien zu wirken. Bald begann sie mit dem Schluss der Geschichte.

Auch die zweite Botschaft hatte sie ausgedruckt dabei. Sie lautete:

Jemand hat unsere Pläne durchkreuzt. Wenn Du etwas damit zu tun hattest, dann gnade Dir Gott!

Adelina hatte keine Ahnung, was mit den durchkreuzten Plänen gemeint sein sollte, und schon gar nicht, was sie damit zu tun haben könnte. Das Käse-Syndikat war offensichtlich sauer, und da haut so eine Mafia schon mal auf den Putz, um sich und ihren Hintermännern zu beweisen, dass man die Sache im Griff hat. Ob dabei eine Unschuldige ins Fadenkreuz gerät, ist sekundär. Angesichts dieser Lage schien es ihr nicht opportun, länger in Polen zu bleiben.

Und deshalb war sie abgereist.

Erleichtert darüber, ihre Geschichte jemandem erzählt zu haben, fragte sie nun ihrerseits mich, was mich denn derzeit beschäftige. So habe ich ihr die ganze Geschichte von meinem Fund der Leiche in der Bleiche erzählt, bis hin zum aktuellen Stand, wonach der Fall offiziell gelöst ist. Adelina hörte aufmerksam zu und konnte kaum aufhören sich zu wundern, als sie begriffen hatte, wo der Fundort lag: nur wenige hundert Meter bachaufwärts oberhalb des Bädli. Das könne Zufall sein, sei aber doch ein ziemlich seltsamer, kommentierte sie, und ich musste ihr jetzt, wo sie da war und die ganzen alten Erinnerungen geweckt hatte, zustimmen.

Einer ziemlich schrägen Gewohnheit von mir folgend, habe ich die ganze Geschichte erzählt, ohne Namen zu nennen. Ich rede lieber von der Rolle, die eine Person in der Geschichte spielt, also vom Chef der Kriminalpolizei oder vom Standesfähnrichkandidaten, zumal dann, wenn ich wie im vorliegenden Fall davon ausgehen muss, dass die Namen der Zuhörerin ohnehin nichts sagen.

Ich war fast am Ende meiner Geschichte, hatte aber noch nichts vom roten USB-Stick-Armband erzählt, als Adelina zur Toilette musste. Auf dem Rückweg fiel ihr Blick auf eine Ausgabe des «Blicks» von einem jener Tage, als die Matzenauer-Geschichte prominent auf der Titelseite platziert war. Sie las kurz und schaute mich dann mit einem seltsamen Blick an. «Emil Matzenauer hiess ein Mitglied des Bewahrungskomitees.»

Bilder hinter Bildern

Vorbemerkung: Da Adelina wohl ein Weilchen bei mir bleiben wird, kann es gut sein, dass ich in den nächsten Tagen weniger zum Schreiben komme und dass meine Aufzeichnungen etwas knapper, ja vielleicht sogar fragmentarischer werden. Oder auch nicht.

Mittwoch, 4. Mai

Auf diesen Schreck hin brauchte und rauchte ich erst einmal ein Pfeifchen, ein gut gewürztes natürlich. Adelina paffte begeistert mit, ganz wie damals zu den Bädli-Zeiten. Sie war unser gutes Kraut offenbar nicht mehr gewohnt, denn prompt schlief sie nach ein paar Zügen ein – wohl auch wegen der Reise und der ganzen Aufregung. Ich habe dann die Zeit genutzt, um Adelinas Geschichte möglichst frisch aufzuschreiben.

Nach zwei Stunden war sie wieder wach. Ich machte ihr einen starken Kaffee, und bald konnten wir die losen Fäden unserer Geschichte wieder aufnehmen. Als schwieriger erwies sich der Versuch, diese Fäden sinnvoll zu verknüpfen. Wohl wusste ich jetzt, dass Matzenauer tatsächlich etwas mit Appenzeller Käse zu tun gehabt haben musste. Ich war mir jetzt auch sicherer denn je, dass der USB-Stick mit dem Werbespot tatsächlich von Matzenauer getragen worden war. Einen wichtigen Hinweis musste der Stick also enthalten.

Adelina war derselben Ansicht, als ich ihr den letzten Teil meiner Geschichte erzählt und den Inhalt des roten Armbands auf meinem Mac gezeigt hatte. Sie wollte den Stick sofort daraufhin prüfen, ob allenfalls noch weitere Daten darauf versteckt waren. Und sie wollte einige Dinge im Netz checken, wie sie sich ausdrückte. Von meinem Anschluss aus fühlte sie sich sicher, sie glaubte nicht, dass ihr das Syndikat so schnell auf die Spur käme.

Nicht, dass mich die Aussicht, es könnte ihm über kurz

oder lang doch gelingen, sehr beruhigt hätte. Doch jetzt war ich so müde, dass ich nur noch kurz das Gästebett bezog, Adelina den Kühlschrank zeigte und schlafen ging.

Heute Morgen hat sie noch geschlafen, als ich aufstand. Doch bald war sie wach und konnte mir von den Ergebnissen ihrer Aktionen der letzten Nacht berichten. Trotz gründlichen Nachforschens hat auch sie auf dem Stick keine weiteren Daten gefunden. Dann hat sie von einem Hackerfreund, der offenbar auch noch wach war, ein Programmchen heruntergeladen, das sehr genau errechnet, wie gross die Datenmenge des TV-Spots ist, und gleichzeitig erfassen kann, wie viele Daten insgesamt auf dem Datenträger sind. Der Vergleich der Werte ergab eine Abweichung von einigen Dutzend Kilobytes. Genug, um einen reinen Text von etlichen Seiten Länge zu enthalten.

Ich war elektrisiert und wollte wissen, ob Adelina die fehlenden Daten gefunden hätte. Sie musste mich enttäuschen. Sie hatte zwar gleich vermutet, dass der Text irgendwo in einem Bild versteckt sein musste. Es handle sich dabei, wie sie mir erklärte, um eine durchaus gängige Methode, eine kleine Datenmenge in einer grossen zu verstecken. Ich hatte davon zwar schon mal gehört, aber ich wäre nie von selbst auf die Idee gekommen, obwohl es doch eigentlich nahelag – als Kryptologe musste sich Matzenauer mit so was auskennen.

Daran hatte auch Adelina gedacht, doch diese Information stimmte sie eher skeptisch. Einem Meister seines Fachs wäre schwer auf die Schliche zu kommen. Und diese Befürchtung wurde voll bestätigt, als sie sich – mitten in der Nacht – an einen anderen Hackerfreund wandte, von dem sie wusste, dass er sich auf diesem Gebiet gut auskannte. Sie hatte ihm den Inhalt des Sticks gemailt, und er hatte einen ersten Check gemacht. Das Ergebnis ohne Fachchinesisch: Die Wahrscheinlichkeit, dass zusätzliche Daten in den Bildern des Spots versteckt waren, wurde als hoch eingeschätzt. Doch leider ebenso die Wahrscheinlichkeit, dass diese sehr gut versteckt und verschlüsselt waren.

Es gab zwar die Möglichkeit, die Verschlüsselung zu knacken, aber nur, wenn man genau wusste, wo zu suchen war, also an welcher Stelle welches Einzelbildes des ganzen Films. Wenn man das nicht wusste, war man in derselben Situation wie die Ölsucher, die in einem riesigen Gebiet aufs Geratewohl hin bohren: Die Wahrscheinlichkeit, dabei auf Öl zu stossen, tendiert gegen Null. Man könnte zwar theoretisch das Entschlüsselungsprogramm über den ganzen Film laufen lassen, doch dafür würden selbst Grossrechner Monate brauchen – und überhaupt, wie sollten wir an einen Grossrechner herankommen?

Wir rauchten wieder ein Pfeifchen und überlegten. Adelina fand, Matzenauer habe damit rechnen müssen, dass sein rotes Armband in andere Hände geraten könnte. Ja, er hatte vermutlich sogar sicher damit gerechnet, sonst hätte er einen wesentlich diskreteren Datenträger als das leuchtend rote Plastikarmband nehmen können. Für den Fall, dass das Armband in die falschen Hände geriete, so werweissten wir, hatte er seine Botschaft, oder was immer es war, sehr, sehr gut geschützt. Doch vielleicht hatte er ja gehofft, das Armband käme doch in die richtigen Hände, und dann musste es für die Finder ja eine Möglichkeit geben, an die Botschaft heranzukommen.

Wir nahmen noch einen Schluck Kaffee, den wir jetzt brauchen konnten, und erörterten unsere Möglichkeiten. Wenn es keinerlei sonstige Hinweise gab, und darauf deutete alles hin, musste der Hinweis auf den richtigen Suchpunkt in den Bildern selbst liegen, in deren Inhalt oder deren Bedeutung. Dieser Hinweis musste für die richtigen Finder zu deuten sein, nicht aber für die falschen.

Adelina schlug vor, von der Hypothese auszugehen, Emil Matzenauer hätte Kontakt zum Polka-Käse-Syndikat gehabt und sei von diesem vielleicht bedroht oder erpresst worden. Das wären dann die falschen Hände. Die richtigen hätte er wohl eher in seiner näheren Umgebung vermutet. Die zu den falschen Händen gehörenden Köpfe wären also irgendwo im Osten, die anderen im Appenzellischen.

Und daraus, so schloss ich messerscharf, liesse sich einfach ableiten, woraus der Unterschied zwischen den richtigen und den falschen möglichen Findern läge: Die einen verstehen etwas von Appenzell, die anderen nicht. Also muss der Hinweis irgendwo liegen, wo es speziell um Appenzell geht. Oder auch um Appenzeller Käse.

Selbst so eingeengt blieb das Ganze ein weites Feld, um nicht zu sagen ein riesiges. Wir schauten uns den Spot noch ein paarmal an, doch die Erleuchtung wurde uns dadurch nicht zuteil. Wir beschlossen, das Thema eine Nacht lang zu überschlafen, und wandten uns anderen Themen zu. Schliesslich gab es nach einer so langen Trennung viel zu erzählen, Erfreuliches und weniger Erfreuliches …

Donnerstag, 5. Mai

Was für ein Anblick. Adelina räkelte sich genüsslich im einzigen Liegestuhl, den ich besitze und den ich jetzt sonnenwärts vor mein Häuschen platziert habe. Die wieder frühsommerlichen Temperaturen und ein von Wolken weitgehend unbefleckter blauer Himmel liessen ein richtiges Sonnenbad zu – etwas, was man hier oben auf mehr als tausend Metern über Meereshöhe selbst im Hochsommer nur selten erlebt, geschweige denn Anfang Mai. Ich weiss zwar von meinen Streifzügen, dass dieses Wetter auch seine Kehrseiten hat: Die sich ausbreitende Trockenheit ist daran zu ermessen, dass normalerweise munter rauschende Bäche zu müde glucksenden Rinnsalen geworden sind, doch das machte mir heute Vormittag keinerlei Sorgen. Ich genoss es einfach, mit Adelina an der Sonne zu sitzen.

Adelinas Haut war anzusehen, dass sie den Winter über kaum UV-Strahlen abbekommen hatte. Der Kontrast ihrer

Blässe mit ihren dunklen Haaren und dem himbeerfarbenen Bikini war äusserst reizvoll. Zum ersten Mal seit ihrer Ankunft sah ich sie nicht nur als spannende Gesprächspartnerin und ein bisschen auch als schutzsuchendes Wesen. Plötzlich war sie für mich auch eine Frau, und was für eine. In mir stiegen Gedanken auf, welche die katholische Kirche wohl noch immer als unkeusch bezeichnen würde. Als ich mich dabei ertappte, schalt ich mich selbst einen Narren. Schliesslich bin ich doppelt so alt wie Adelina, was eine längerfristige Beziehung eigentlich von selbst verbietet. Sie könnte noch Kinder wollen, und das geht mit mir aus freiwillig gewählten biologischen Gründen längst nicht mehr. Und überhaupt, was soll eine so attraktive junge Frau an einem alten Knacker wie mir schon finden?

Dieses ganze innere Selbstgespräch während der stummen Betrachtung des erfreulichen Anblicks bewirkte keinen vollständigen Gedanken-Exorzismus. Abgelenkt wurde ich erst richtig, als Adelina an das Thema des gestrigen Abends anknüpfte. Mit wachem Geist und in einer so wundervollen Umgebung müsse es doch möglich sein, des Rätsels Lösung einen Schritt näher zu kommen.

Tatsächlich gelang es uns bald, das Problem näher einzukreisen. Adelina hat einen gut entwickelten Sinn für das Wesentliche eines Phänomens, und da dieses Talent auch mir nicht ganz abgeht, verstehen wir uns auf dieser Ebene prächtig.

Uns wurde klar, dass die Frage nach dem Versteck der gesuchten Datei im Werbespot zwei Aspekte hat: die Frage nach dem Wo und jene nach dem Wann. Bevor wir uns daran machen konnten, den gesuchten Bildausschnitt zu finden, mussten wir wissen, wann dieser Bildpunkt auftaucht. Nehmen wir mal an, der Werbefilm bestünde aus fünfundzwanzig Bildern pro Sekunde, dann macht das bei einer Länge von achtzehn Sekunden immerhin vierhundertfünfzig in Frage kommende Einzelbilder. Da Matzenauer gewusst haben muss, dass eine flächendeckende Suche über all diese

Einzelbilder unmöglich ist, muss es nachvollziehbare Hinweise darauf geben, in welchem Bild sich der Zugang versteckt.

Wir schmauchten noch ein Pfeifchen, um unsere Ganglien anzuregen. Beim Hin- und Herreichen der Pfeife berührten sich unsere Fingerspitzen ein paarmal, und ich kann weiss Gott nicht behaupten, dass mir das unangenehm war …

Item, wir kamen der Sache langsam, aber sicher näher. Adelina hatte die gute Idee, zunächst mal zu fragen, was denn diesen Spot für Appenzeller Käse von den anderen unterscheide, die parallel dazu ausgestrahlt werden. Auf der Homepage appenzeller.ch werden derzeit sechs solche Spots gezeigt: «Rezepte», «Die Deutschen», «Schöne Schweiz», «Bankgeheimnis», «Uwe, der Appenzeller» und «Unwiderstehlich». Und Emil Matzenauer hatte davon den Spot «Die Deutschen» gewählt.

Dieser Spot nimmt spielerisch-locker ein Thema auf, das die Schweiz seit geraumer Zeit nicht gerade erschüttert, doch zu Diskussionen Anlass gibt: die zunehmende Feindlichkeit gegenüber den Deutschen. Nun hatte die Deutschschweiz schon immer ein gespanntes Verhältnis zu ihrem nördlichen Nachbarn, geprägt von einem seltsamen Minderwertigkeitskomplex, der viel mit der deutschen Sprache zu tun hat. Hochdeutsch zu sprechen ist für viele Deutschschweizer eine mühsame Sache. Untereinander tun sie dies allerhöchstens bei hochgradig formalisierten und entsprechend steifen Gelegenheiten, sodass für viele Hochdeutsch im aktiven Sinne mindestens teilweise eine Art Fremdsprache bleibt. Dieses Wissen wiederum fördert die Angst davor, wegen seiner kehligen Färbung würde man den Sprechenden sofort als rauen Kuhschweizer identifizieren. Als ob man mit ein wenig Übung nicht auch den meisten Deutschen sofort anhören könnte, aus welcher Ecke des Landes sie kommen. Aber so weit geht die freiwillige Beschäftigung mit der deutschen Sprache bei vielen Schweizern nicht.

Nun sind sie allerdings zunehmend gezwungen, dies unfreiwillig zu tun. Seit die Schweiz mit der EU ein Abkommen zur sogenannten Personenfreizügigkeit abgeschlossen hat – übrigens mit Zustimmung des Volkes – strömen jährlich Zehntausende aus den EU-Ländern in die Schweiz, darunter wegen der fehlenden Sprachbarrieren naturgemäss sehr viele Deutsche. Und da es sich dabei vorwiegend um gut qualifizierte Arbeitskräfte handelt, die in der Schweiz entsprechend gut verdienen, fürchten manche Alteingesessene, die Deutschen würden ihnen die Arbeitsplätze wegnehmen. Und die schönen Wohnungen. Und am Ende gar die Frauen. Entsprechend mies ist bei manchen die Stimmung gegenüber «den Deutschen». Obwohl diese nachweislich wesentlich dazu beitragen, dass die Schweiz wirtschaftlich blüht wie kaum ein anderes Land.

Im attraktiven Grossraum Zürich ist das Phänomen der deutschen Zuwanderung wesentlich ausgeprägter als hier im beschaulichen Appenzellerland. Nichtsdestotrotz berichten mir deutsche Freundinnen und Freunde, die in der Umgebung ohne mich einkaufen gehen oder so, über eine zunehmend unfreundliche Behandlung, was einen deutlichen Kontrast zur früher so ausgeprägten Freundlichkeit, ja Herzlichkeit der Appenzellerinnen und Appenzeller auch gegenüber Fremden bilde.

Je nach eigener Stimmung empfinde ich diese Deutschenfeindlichkeit als seltsam, traurig, nur wenig nachvollziehbar oder ganz zum Kotzen. Was sicher auch daran liegt, dass ich so etwas wie ein Wanderer zwischen den Welten bin. Ich habe etliche Jahre in Deutschland gelebt und bin auch jetzt noch oft dort, und mein Freundeskreis besteht zu einem wesentlichen Teil aus Deutschen. Deshalb empfinde ich für diese pauschalen Vorurteile vieler meiner Landsleute das, was man heute wohl Fremdschämen nennt.

Uwe Ochsenknecht jedenfalls nimmt im von Emil Matzenauer gewählten Spot dieses Motiv auf, indem er anbietet und beschwört, die Deutschen würden alle zu Hause bleiben (und folglich nicht mehr in die Schweiz einwandern), wenn ihnen das Geheimrezept verraten würde. Doch selbst für dieses offenbar wertvolle Tauschgut wird das Geheimnis nicht verraten.

Um Deutschenfeindlichkeit war es Matzenauer vermutlich nicht gegangen. Schon näher lag die Verbindung zwischen Deutschland und Appenzeller Käse. Immerhin geht der grösste Teil des Exports dorthin.

Adelina vertilgte gerade mit Genuss den Rest des Appenzellers vom Frühstück und schluckte erst brav runter, ehe sie einen weiteren wichtigen Puzzlestein lieferte: Auch ihr Kumpel Janosch, der mit der kleinen Käserei, habe seinen gefälschten Appenzeller natürlich nach Deutschland verkaufen wollen, schon aus geografischen Gründen, aber eben auch, weil die Deutschen offenbar ganz wild auf Appenzeller sind. Es läge also nahe, dass auch das Käse-Syndikat dieselbe Absicht hege.

Das musste auch Matzenauer klar geworden sein, falls er, wovon wir beide ausgehen, mit dem Syndikat in Berührung gekommen war. Deutschland als Symbol für den Appenzeller-Export konnte also als Hinweis auf das Syndikat verstanden werden.

Je mehr wir darüber nachdachten und je mehr wir tranken und schmauchten, desto plausibler erschien uns diese Theorie. Darum hatte Matzenauer den Deutschland-Spot ausgewählt. Aber welche Stelle? Adelina, die sich nicht nur mit Computern auskannte, sondern auch mit Menschen, wie sich jetzt zeigte, schlug vor, sich in die Gehirnwindungen Matzenauers zu versetzen. Wie hatte er getickt? Um dem näher zu kommen, fragte sie mich, welche Eigenschaften Matzenauers aus den ganzen Medienberichten bei mir hängen geblieben seien.

Als Erstes fiel mir «gradlinig» ein. Wenn dem so sei, meinte Adelina, dann könnten wir davon ausgehen, dass der Hinweis direkt und ohne komplizierte Fisimatenten platziert worden sei. Was eigentlich nur bedeuten könne, dass der gesuchte Ausschnitt dort liegen müsse, wo Ochsenknecht das Wort «Deutschland» sagt. Es fuchste mich ein wenig, dass ich nicht selbst darauf gekommen war, dennoch musste ich ihr neidlos recht geben.

Nun dauert es noch immer fast eine Sekunde, das Wort «Deutschland» auszusprechen, was bedeutete, dass immer noch etliche Einzelbilder des Films in Frage kamen. Wir aber brauchten das eine richtige Standbild. Ich grübelte deshalb weiter nach viel genannten Eigenschaften von Matzenauer. Mir fielen «macht keine halben Sachen» und «fast ein wenig pedantisch» ein.

Wieder erwies sich Adelina als hellsichtige Fährtenleserin. Wenn er nur ganze Sachen mache, dann hätte er sicher abgewartet, bis das Wort «Deutschland» ganz ausgesprochen sei. Wenn er etwas pedantisch gewesen sei, hätte er bestimmt exakt das Bild des Moments gewählt, in dem Uwe Ochsenknechts Lippen das letzte «d» von «Deutschland» entfleucht. Ich suchte verzweifelt nach kritischen Einwänden gegen diese Ableitung, doch es fanden sich keine. Deshalb einigten wir uns darauf, dass dies die Antwort auf die Frage nach dem Wann sei – nicht mit letzter Sicherheit, doch so hochwahrscheinlich, dass es sich lohnte, mit dieser Arbeitshypothese die Suche fortzusetzen.

Deshalb liessen wir den Spot – vorläufig in der offiziellen Version – so lange laufen, bis wir ihn an der gesuchten Stelle anhalten konnten, was gar nicht so einfach war. Schliesslich gelang es uns, einen Screenshot zu schiessen. Diesen druckten wir aus und nahmen ihn wieder raus an die Sonne. Jetzt galt es nur noch, auf diesem Einzelbild den richtigen Bildausschnitt zu finden. Wir ahnten beide, ohne es auszusprechen, dass dies der schwierigere Teil werden würde.

Angeregt durch die bisherigen Erfolge und durch unser gutes Kraut begann ich, eine kühne Theorie zu entwickeln. Wenn Matzenauer einen so klaren Hinweis auf die Bedrohung von aussen geliefert habe, dann müsse nach den Gesetzen der Dialektik der Gegenpol einen Hinweis auf das Schützens- und Bewahrenswerte beinhalten. Und was solle denn wohl bewahrt werden? Das Geheimnis des Appenzellers. Und damit das Appenzeller Geheimnis. Der tiefste Kern des Wesens von Land und Leuten Appenzells. Das Appenzellische an sich sozusagen. Damit sei so klar wie der aktuelle Himmel, dass der Schlüssel das Appenzellische an sich sein müsse. Womit wir jetzt nur noch herausfinden müssten, in welchem Teil des Bilds sich das Appenzellische an sich am stärksten und schönsten verkörpert.

Adelina wirkte skeptisch. Ihr schien das alles zu philosophisch, im Klartext zu abgehoben zu sein. Sie hätte es lieber handfest und pragmatisch gehabt. Allerdings fiel auch ihr keine bessere Suchstrategie ein, und so beschlossen wir, vorläufig meinem Vorschlag zu folgen, weil uns gar nichts anderes übrig blieb.

Wieder und wieder betrachteten wir das Bild, ohne schlauer zu werden. Die Landschaft, die Sennen, ihre Trachten mit allen Details, der Stock des einen Senns, der Käse – alles wirkt typisch appenzellisch. Ist ja logisch, soll schliesslich so sein. Was davon nun das Appenzellische an sich sein sollte, erschloss sich uns nicht.

Da hatte Adelina schon wieder eine geniale Idee. Sie schlug vor, die Weisheit der Massen anzuzapfen. Nun ja, nicht gerade der Massen, aber doch unserer beider Netzwerke, oder jedenfalls jenes Teils davon, der etwas mit Appenzell zu tun habe. Denen könnten wir doch einfach das Bild schicken und sie fragen, in welchem Teil davon sie das spezifisch Appenzellische sähen. Diese Aktion sei leicht zu erklären mit der Arbeit an meinem Buch über Appenzeller Geheimnisse. Um dazu etwas Relevantes sagen zu können, müsste ich ja erst mal wissen, was das Appenzellische überhaupt bedeute, und dafür könnte ich ein bisschen Hilfe von Freunden gut gebrauchen. Vielleicht kämen wir ja durch diese Erweiterung des Horizonts zu Erkenntnissen, die uns bisher verborgen geblieben sind.

Ich konnte ihr nur zustimmen, weshalb wir die Idee gleich in die Tat umsetzten. Schon eine halbe Stunde später ging ein entsprechendes Rundmail raus.

Den Rest des Tages verbrachte Adelina mit Faulenzen. Dennoch, oder vielleicht auch deshalb, war sie früh müde und ging schlafen. Ich nutzte die Zeit am Nachmittag dazu, an meinem Buchkonzept weiterzuarbeiten, und jene spät abends, um diese Aufzeichnungen fortzusetzen.

Freitag, 6. Mai

Heute Vormittag habe ich intensiv gearbeitet. Adelinas Anwesenheit inspiriert mich, sodass ich guten Mutes bin, trotz aller Ablenkungen rechtzeitig ein überzeugendes Konzept vorlegen zu können.

Sie ihrerseits hat sich ein bisschen um meinen Haushalt gekümmert. Der ist zwar ganz ordentlich in Schuss, aber etwas zu verbessern und zu verschönern gibt es nach Ansicht der meisten Frauen immer. Auch Adelina hielt es damit nicht anders. Ich liess ihre Aktionen über mich ergehen, obwohl ich es eigentlich nicht mag, wenn jemand anders in meinem Umfeld herumfummelt. Am Schluss musste ich zugeben, dass mich das Ergebnis überzeugte.

Zur Belohnung, und um unsere weitere Suche nach dem Appenzellischen an sich anzuregen, gönnten wir uns eine Vesper, die alles enthielt, was Appenzells Küchen und Keller zu bieten haben: Appenzeller Mostbröckli waren dabei und Appenzeller Biberli, mehrere Sorten Appenzeller Käse ohnehin. Zum Trinken gab es Appenzeller Mineralwasser und ein Appenzeller Vollmondbier, und zum Abschluss gönnten wir uns einen rechten Schluck Appenzeller Alpenbitter. Nur das Gewürz, mit dem wir danach unser Knasterpfeifchen stopften, war nicht aus der Gegend.

Noch einmal betrachtete ich den Ausdruck mit dem Bild aus dem Werbefilm. Nach längerem Sinnieren kam ich zum

Schluss, das gesuchte typisch Appenzellische sei in der abgebildeten Landschaft zu finden – obwohl, oder vielleicht sogar weil diese nur leicht verschwommen sichtbar ist. Ich wies Adelina unnötigerweise noch einmal auf den Blick hin, der sich vom Tannenhügel nach Süden öffnet, und erzählte ihr dann, was ich persönlich mit dieser typischen Appenzeller Landschaft verbinde.

Tatsächlich ist diese Hügellandschaft einer der Gründe, warum ich seit bald zwei Jahrzehnten so gerne in dieser Gegend lebe. Es ist keine liebliche Hügellandschaft, sondern eine ziemlich schroffe; ebene Flächen bilden darin eine Ausnahme. Weil mein Gehirn selten dazu neigt, etwas einfach als gegeben hinzunehmen, habe ich mich natürlich gefragt, wer oder was diese Landschaft so geformt hat. Dabei stiess ich auf die Erosion, diese mächtige Wirkungsmacht der Geologie. Mittlerweile kann ich mir in einem extremen Zeitrafferfilm richtig vorstellen, wie das abgelaufen sein muss.

Einst war da eine ziemlich flache Hochebene, aus den Tiefen eines Meeres emporgetragene Ablagerungen auf dem Meeresboden. In winzigen Vertiefungen, die es damals schon gegeben haben muss, sammelte sich das abfliessende Regenwasser, riss dabei immer wieder mal ein Steinchen vom Rand mit und vertiefte die Rinne so allmählich zum Graben. Man kann bei aufmerksamer Betrachtung solche Anfänge der Bildung eines Bachgrabens heute noch sehen.

Manchmal, bei besonders heftigen Regengüssen, rissen die Wassermassen auch grössere Erdstücke mit sich, und wenn das Wasser den Boden völlig durchweichte, rutschten ganze Hangstücke zu Tale, wodurch die Bachgräben immer tiefer und die Hänge der Hügel immer steiler wurden. Natürlich dauerte das alles Millionen von Jahren, doch die Geologie hat Zeit.

Adelina erinnerte sich an ein grosses Unwetter zur Zeit, als sie im Bädli lebte. Drei Gewitterzellen hatten sich über der Gegend verbunden und ihre gemeinsame Wasserflut abgeladen. Die Bäche schwollen an und führten ganze Baumstämme mit. Vielerorts ereigneten sich Erdrutsche, darunter einer direkt am Hang neben dem Bädli. Die Bewohner kamen zwar mit dem Schrecken davon, nur die Keller wurden mit Schlammfluten gefüllt. Sie hatte damals hautnah erlebt, wie solche extremen Wetterereignisse immer wieder vorkommen und dabei die Landschaft sichtbar verändern.

Die Erosion waltet und wütet natürlich überall, aber nicht immer gleich. Hinter dem Säntis zum Beispiel liegt das Toggenburg. Ein Tal, das im Wesentlichen von einem grösseren Fluss ausgewaschen wurde. Dieses Tal macht zwar da und dort einen kleinen Knick, bildet aber letztlich doch eine Gerade, und das ist irgendwie langweilig. Im Appenzellerland jedoch gibt es keinen dominierenden Fluss, was dazu geführt hat, dass die Hügel ziemlich chaotisch in der Gegend herumstehen und keinem bekannten geometrischen Muster gleichen. Niemand käme beim Betrachten dieser Landschaft auf die Idee, in der Natur seien gerade Linien und ebene Flächen der Normalzustand – diesem Irrtum erliegt man nur in den Städten.

Ich vertrete schon lange die Theorie, beim menschlichen Denken gebe es eine Entsprechung zwischen innen und aussen: Wie man aussen sieht, so denkt man innen. Gerade Linien und ebene Flächen verlocken zum Denken in wohlgeordneten Kästchen. Die chaotisch geschwungenen Linien dieser Hügel dagegen erinnern an einen mitten in den Wellenbewegungen eingefrorenen Fluss und befördern deshalb den natürlichen Fluss der Gedanken, der sich selten in wohlgeordneten Bahnen bewegt, sondern immer chaotisch und unberechenbar dahinfliesst, ausserhalb der simplen Ordnungen geometrischer Muster.

Andere mögen das anders halten, doch für mein Denken bevorzuge ich diese Art der äusseren Anregung. Eine Ausnahme mache ich gerne im Spätherbst oder Frühwinter, wenn unter mir ein fast flaches Nebelmeer liegt, aus dem nur die obersten Hügelkuppen wie Inseln hervorragen. Als Ausnahme ist die Horizontale wunderbar, vor allem wenn die milchig weisse Masse tatsächlich wie ein Meer an die Hügel schwappt und sich wieder zurückzieht, wobei nur das Geräusch der Brandung fehlt.

Apropos Geräusch: Bei meiner Erzählung musste ich ein paar Mal die Stimme heben, um den Lärm der Traktoren und anderer landwirtschaftlicher Maschinen zu übertönen, die am Hang unter uns und überall sonst emsig ihre Bahnen zogen. Von wegen ruhiges Landleben. Natürlich, die Bauern waren froh, früh wie selten ihre erste Heuernte einbringen zu können. Das konnte ich ihnen nicht verübeln, aber störend wirkte der Lärm schon. Und wenn ich daran dachte, dass stoppelige Wiesen auch bedeuteten, dass bald wieder stinkende Jauche ausgebracht werden würde, besserte sich meine Laune nicht wesentlich.

Ich will mich nicht wirklich beklagen. Die Gülle gehört nun mal zum Leben auf dem Lande, und das habe ich freiwillig gewählt. Die hiesigen Milchbauern machen einen wesentlichen Teil des knorrigen Charmes dieses Landstrichs aus. Sie, oder besser ihre Vorfahren, haben diese Landschaft schliesslich geprägt.

Das sieht man, wie ich Adelina erklärte, auf einen Blick über die Hügellandschaft. Deren Hauptfarbe besteht in dieser Jahreszeit aus einem satten, hellen Wiesengrün, zu dem das weitaus dunklere Grün der Waldstücke einen reizvollen Kontrast bildet. Noch vor tausend Jahren hätten wir nur dieses Dunkelgrün gesehen: Ursprünglich waren diese Hügel ganz mit Wald bewachsen, in dem der Bär herumstreifte. Heute findet man ihn nur noch als Wappentier beider Appenzeller Halbkantone.

Erst im Mittelalter wurde der Siedlungsdruck in den umliegenden tieferen Gebieten so gross, dass man begann, in die höheren Regionen auszuweichen und sich dort anzusiedeln. Freiwillig dürfte das niemand getan haben, waren doch die Lebensbedingungen hier oben wesentlich härter. Um Weideflächen für ihr Vieh zu schaffen, blieb den Neuansiedlern nichts anderes übrig, als Wald zu roden. Das taten sie so lange, bis alle vernünftig als Wiese zu nutzenden Hänge waldfrei waren. Nur dort, wo die Hänge zu steil und unzugänglich waren, blieb der Wald stehen, auch als Reservoir für Bau- und Brennholz. Auch wenn es heute so aussieht, als ob diese aparte Mischung aus Wiesen und Wäldern eigens der ästhetischen Ansprüche einer gehobenen Kundschaft wegen geschaffen worden wäre, so ist sie in Wirklichkeit das Resultat harter ökonomischer Realitäten.

Zu denen gehört auch die für das Appenzellerland typische Streubauweise mit kleinen Dorfkernen und vielen wild in der Gegend verstreuten Einzelgehöften und -häusern. Diese sind nicht etwa aus einem durch die Säntisspitze angeritzten grossen Sack herausgepurzelt, den ein grosser Riese auf dem Rücken trug, wie es eine hübsche Legende beschreibt. Die Höfe entstanden vielmehr überall dort, wo es Quellwasser gab, und da der liebe Gott das Appenzellerland reichlich mit Niederschlägen segnet, gibt es viele solcher Orte.

So stehen diese Häuser verstreut in der Landschaft und bilden dort die einzigen geraden Linien weit und breit, na ja, von den Hochspannungsmasten mal abgesehen. Doch selbst dort, wo es grössere Ansammlungen von Häusern gibt, dominieren sie nie die Landschaft, sind vielmehr Einsprengsel in etwas weitaus Grösserem. Das lehrt, zusammen mit den rauen Witterungsbedingungen, Bescheidenheit, und das gefällt mir.

So schloss ich meinen Vortrag, der sich etwas in die Länge gezogen hatte. Adelina hatte aufmerksam zugehört und wies mich dann auf einen Teil der Appenzeller Landschaft hin, der sich zwar in nicht zu übersehender Weise in der realen Landschaft vor uns zeigte, nicht aber im Werbespot für Appenzeller Käse. Jedenfalls nicht in dem von Matzenauer ausgewählten: die Berge des Alpsteins. Tatsächlich. Hügellandschaften gibt es viele, doch selten solche wie hier, wo hinter den Hügeln die unverkennbare Gipfellinie des Alpsteins mit dem Säntisgipfel als höchster Erhebung aufragt und vor allem jetzt in ihrer schneeglitzernden Pracht einen wunderschönen Abschluss der Horizontlinie bildet. Diese Berge sind zwar da und machen mit ihrer ewig scheinenden Erhabenheit ihrerseits den nachdenklichen Menschen klar, dass ihr Platz auf Erden ein bescheidener und vor allem vorübergehender ist. Zugleich sind sie zu weit weg, um in irgendeiner Weise bedrückend zu wirken.

Diese Berge sind heute auch kein Hort ungetrübter Natürlichkeit mehr. Auf zwei Gipfeln stehen riesige Antennenmasten, die man von hier aus mit blossem Auge sieht. Vielleicht haben die Werber ja ihretwegen verzichtet, diese Bergsilhouette mit ins Bild zu nehmen. Vielleicht auch nur, um die volle Aufmerksamkeit auf die drei Gestalten im Vordergrund zu lenken.

Mir jedenfalls ist dieses Miteinander von Natur und Technik ganz lieb, das nur auf den ersten Blick widersprüchlich erscheint. In Wirklichkeit hat man hier über die Jahrhunderte ganz gut gelernt, beides miteinander zu verbinden. Und auch ich schätze es sehr, mitten im Grün zu leben und dennoch einen schnellen Internetanschluss zu haben.

Adelina nahm diesen Faden auf und lenkte das Gespräch wieder auf unser Rätsel. Wenn solche Widersprüche den eigentlichen Kern des Appenzeller Wesens ausmachten, könne das Appenzellische an sich kaum in den Landschaftsteilen unseres Bilds aus dem Spot zu finden sein, denn diese sei völlig widerspruchsfrei einfach als schön dargestellt. Zunächst hatte ich etwas Mühe, meinen so hübsch und stimmig erscheinenden Gedanken aufzugeben, doch dann setzte sich meine geistige Flexibilität durch, und ich stimmte ihr zu. Also weitersuchen.

Mein Gedankenfluss beschäftigte sich weiterhin mit dem Thema Widersprüche, und so landete ich wieder bei der Dialektik. Könnten nicht die drei Männer im Spot ein Symbol für Dialektik sein? Rechts der Senn, der an einem grossen Stück Käse herumsäbelt. Links der andere Senn, der sich stoisch auf seinen Stock stützt und gar keinen Käse in der Hand hat. These und Antithese. Und dazwischen Uwe Ochsenknecht, der als Verkörperung der Synthese ein kleineres, mundgerechtes Stück Käse in der Hand hält.

Adelina fand den Gedanken etwas gar abgehoben und meinte, ich hätte allmählich genug Pfeifchen geschmaucht. Wenn Matzenauer so gradlinig gewesen sei, hätte er kaum derart verschlungene Denkpfade gewählt.

In diesem Moment meldete mein Mac die Ankunft eines Mails. Es handelte sich um die erste Antwort auf unseren Rundruf. Beatrice, eine bekannte Modeschöpferin aus Berlin, von der ich wusste, dass sie ein Faible für Appenzeller Trachten hatte, teilte mit, ihr sei auf dem Bild aufgefallen, dass etwas fehle. Die beiden Sennen trügen zwar obenrum ihr bestes Stück, nämlich eine knallrote Weste samt geschmücktem Brustgurt, doch untenrum seien ihre Hosen dunkelbraune Alltagsmodelle und nicht jene sattgelben Dinger aus weichem Wildleder, die ihr so viel besser gefielen.

Das war zwar keine Antwort auf unsere Frage, dennoch ein nützlicher Hinweis. Adelina fand, das jetzige Arrangement mit den braunen Hosen lenke den Blick verstärkt auf das gelbe T-Shirt Ochsenknechts, der damit gewollt ins Zentrum des Bildes rücke. Hätten die Sennen gelbe Hosen an, ergäbe dies eine völlig veränderte Bildsymmetrie.

Matzenauer war nebst vielem anderen auch ein Freund und Kenner der bildenden Künste gewesen. Es könnte also gut sein, dass er ähnliche Überlegungen angestellt hat. Das wäre dann eine Aufforderung, sich auf das gelbe T-Shirt von Uwe Ochsenknecht zu konzentrieren. So weit, so gut, befand Adelina, doch dieses T-Shirt nimmt einen wesentlichen Teil des ganzen Bildes ein, wir aber suchen einen bestimmten winzigen Fleck. Welcher es denn sein dürfe, bitte sehr.

Ich sah ein, dass auch diese Spur kalt geworden war. Mehr fiel uns nicht ein, und so gaben wir die Suche für heute auf. Adelina bekochte mich noch wunderbar aus meinen Vorräten, ging aber erneut mit den Hühnern schlafen. Offenbar hat sie einigen Schlaf nachzuholen, was mir wiederum Gelegenheit gibt, diese Notizen zu machen.

Samstag, 7. Mai

Heute früh mussten wir ins Dorf spazieren, um einzukaufen. Ich habe einen Ausdruck des Bilds aus dem Spot eingesteckt, um unterwegs Bekannte fragen zu können, was für sie darauf das typisch Appenzellische sei.

Als Erstes trafen wir Anton, einen pensionierten Augenarzt, der auch viel in Entwicklungsländern gewirkt hatte. Zusammen mit seiner noch arbeitenden Frau hatte er vor ein paar Jahren ganz in meiner Nähe ein völlig verfallenes Bauernhaus gekauft, abgerissen und in gelungener Weise wieder aufgebaut. Nicht unbedingt für sie allein, es gibt Platz, um später vielleicht mal so etwas wie eine spirituelle Alters-WG einzurichten. Bisher ist das Interesse dafür offenbar spärlich geblieben, doch was nicht ist, kann noch werden. Die Idee liegt durchaus im Trend. Ich hatte ihn vor nicht langer Zeit kennengelernt, und wir waren uns sympathisch gewesen.

Auf meine Frage gab Anton eine ebenso kurze wie sibyllinische Antwort: «Lernt erst, eure Augen zu sehen, ehe ihr ein Bild sehen wollt.» Dieser Satz würde sicher mal an einem langen Winterabend Stoff für philosophisches Grübeln liefern, doch für unser konkretes Rätsel an diesem strahlenden Frühsommertag bot er wenig Anhaltspunkte.

Praktischer reagierte Lydia, Serviertochter, Bäckereiverkäuferin und gute Seele des «Hirschens», an dem wir auf unserem Weg ins Dorf Wald vorbeikamen. Normalerweise ist dort nicht sehr viel los. Doch am Samstagvormittag stauen sich die Autos auf dem Parkplatz, weil Leute von näher und ferner dort für den Sonntag Brot und Zopf besorgen wollen. Deshalb hatte Lydia nicht viel Zeit für uns, warf aber doch einen Blick auf das Bild und sagte spontan in ihrem kuriosen Balkandeutsch: «Scheeni Jackeli!»

Walter, der Wirt und Bäcker und bekannt als manchmal etwas ruppiger Alltagsphilosoph mit dem Herzen auf dem richtigen Fleck, war seinem Naturell entsprechend neugierig herbeigekommen und besah sich das Bild ebenfalls. Dann brummte er, für ihn als Wirt sei auf dem Bild natürlich der Käse das Entscheidende. Allerdings müsse er heftig bemängeln, dass es auf dem Bild keinerlei Getränke gäbe – das würde einem echten Appenzeller Mann nie passieren.

Auf dem Weiterweg beschlossen wir, alle Aussagen und Beiträge vorerst reflexions- und kommentarlos zu sammeln. Schliesslich gab es genug zu sehen. Überall links und rechts des Weges lagen Wiesen, die jetzt zu grossen Teilen nicht grün waren, sondern sich in einem leuchtenden Gelb präsentierten. Löwenzahn und Hahnenfuss bewirkten dieses Wunder der Natur, das auf mich gerade dieses Jahr besonders intensiv wirkte, weil ich mehr denn je um seine Vergänglichkeit wusste. Meine Leiche steckt mir noch in den Knochen …

Aufgehellt wurde meine Stimmung dadurch, dass wir auf halber Strecke zwischen «Hirschen» und Dorf beim Wasserreservoir dem Wasserwart von Wald begegneten, der dort gerade seine Instrumente ablesen wollte. Ich habe vor Jahren mal eine Reportage für die dörfliche Homepage über ihn und die Wasserversorgung von Wald gemacht. Ein trockenes Thema, sollte man meinen. Doch die Tatsache, dass Wald als einzige Gemeinde weit und breit ihr gesamtes Wasser aus eigenen Quellen bezieht und nicht wie die anderen teilweise aus dem Bodensee heraufpumpt, hatte mich neugierig gemacht. Und ich hatte gelernt, dass so eine gut funktionierende Wasserversorgung eine aufwendige und komplexe Sache ist.

Ich erzählte Adelina die Kurzfassung der Geschichte, und sie fragte, ob auch das Wasserreservoir auf dem Tannenhügel unweit meines Häuschens zu diesem System gehöre. Ich gab die Frage an ihn weiter. Er erklärte Adelina zu deren Zufriedenheit den Sachverhalt: In einer Gemeinde mit unterschiedlichen Höhenlagen ist vor allem die Versorgung der obersten

Häuser anspruchsvoll. Das Wasser zu jedem Haus einzeln hinaufzupumpen, wäre viel zu aufwendig, weshalb oberhalb der obersten Häuser ein Reservoir gebaut wurde, zu dem man das Wasser hinaufpumpt, damit es von dort ganz allein zu den Häusern runterfliesst.

Auch der Wasserwart betrachtete das Bild eine ganze Zeit lang. Dann sagte er, es täte ihm leid, aber für ihn gehöre nun mal Wasser in allen Ausprägungsformen unbedingt zum Appenzellischen. Davon sei auf dem Bild gar nichts zu sehen. Landschaft, Sennen und Käse seien ja hübsch appenzellisch, doch zum richtigen Appenzeller Bild fehle ihm etwas: das Wasser.

Merkwürdig. Auch der nächste Bekannte, den wir unterwegs ins Dorf trafen, vermisste auf dem Bild vor allem etwas. Jonathan von Wald, wie er dank einer geschickten Markenpflege allseits genannt wird, war einst Lehrer und verdient jetzt den Lebensunterhalt für sich und seine Familie mit einer Zaubershow, mit der er Gross und Klein beglückt. Da sein Haus direkt an meinem regelmässigen Weg ins Dorf liegt und er oft draussen mit einem seiner ungezählten gesammelten Dinge am Werkeln ist, treffen wir uns immer wieder mal ungeplant zu einem Schwatz. Ich begrüsse ihn mit «Maestro» und er mich mit «Philosopho». Wir plaudern buchstäblich über Gott und die Welt, manchmal nur ein paar Minuten, manchmal eine halbe Stunde, und immer geht die Zeit schnell vorbei und hinterlässt beglückende Erinnerungen an inspirierende Gespräche.

In Jonathans Show spielt Feuer eine wichtige Rolle, und genau dieses Element fehlte ihm auf dem Bild. Wenigstens eine dieser typisch appenzellischen Pfeifen, deren Pfeifenkopf nach unten hängt, weshalb er mit einem Deckel versehen ist, hätten sie einem der Sennen in die Hand geben können, meinte er. Er schimpfte los über die leider auch im Appenzellerland zunehmende Tendenz zur politischen Korrektheit, die heute im Zuge der Antiraucherhysterie nicht einmal mehr ein harmloses Pfeifchen erlaube.

Ich erzählte ihm daraufhin eine Geschichte, die sich vor ein paar Jahren ereignet hat: Damals brachte die Appenzeller Brauerei ein Hanfbier auf den Markt. Selbstverständlich ohne berauschende Inhaltsstoffe, abgesehen vom Alkohol. Aus irgendwelchen Gründen musste sie das dafür vorgesehene Etikett beim Bundesamt für Gesundheit in Bern zur Genehmigung vorlegen. Auf der Etikette war ein Hanffeld abgebildet, daneben eine Appenzeller Bauernfamilie bei der Ernterast. So weit alles okay, doch der Bauer hielt eine Appenzeller Rauchpfeife in der Hand. Das wurde von den obersten Gesundheitswächtern als mögliche Aufforderung zum Drogenkonsum interpretiert, weshalb die Pfeife wegretuschiert werden musste.

Jonathan wusste nicht, ob er lachen oder weinen sollte ob solcher Auswüchse der Schweizer Bürokratie. Adelina meinte trocken, man könne daraus auch schliessen, welch glückliches Land die Schweiz sein müsse, dass sie sich solche Probleme leisten könne. Ich erzählte die Schlusspointe der Geschichte, dann verabschiedeten wir uns. Diese bestand darin, dass die Brauerei bereits eine Ladung Hanfbier mit dem beanstandeten Etikett abgefüllt hatte und diese nach dem Entscheid, unter der Hand natürlich, teuer als begehrte Sammlerstücke verkaufen konnte.

Der Laden, den wir jetzt erreichten, ist für ein Dorf von nicht mal neunhundert Einwohnern ausserordentlich gross und ausserordentlich gut und bereichert deshalb die dörfliche Lebensqualität (und meine) ungemein. Frau Handelsmann, die Gemahlin des Ladenchefs, sass an der Kasse und hatte an einem Samstagvormittag naturgemäss nicht viel Musse. Als sie jedoch durch eine Kollegin abgelöst wurde, besah sie sich das Bild ebenfalls. Als Kauffrau gefalle ihr daran die offensichtlich gelungene Degustationspräsentation – immerhin hat der angesprochene Konsument bereits ein Stück Käse in der Hand. Solche Geschäftstüchtigkeit sei durchaus typisch appenzellisch, vor allem in Innerrhoden. Wenn man bedenkt, dass in Innerrhoden der Tourismus deutlich aufwärts, in Ausserrhoden jedoch deutlich abwärts tendiert, kann man tatsächlich auf die Idee kommen, es gäbe in Sachen Geschäftstüchtigkeit (manche sagen auch Schlitzohrigkeit) sehr wohl Unterschiede in der vorherrschenden Mentalität.

Als wir den Laden verliessen, kam Peter Zander des Wegs, seines Zeichens Gemeindepräsident. Seine Aussage war kurz und bündig: Das typisch Appenzellische an dem Bild sei, dass ein Deutscher, also ein Ausländer, zwischen zwei Einheimischen sässe. Das überraschte mich nicht sehr. Peter Zander kam vor vielen Jahren als Auswärtiger nach Wald. Schon dass er als solcher zum Gemeindepräsidenten gewählt wurde, war eher ungewöhnlich. Noch ungewöhnlicher war, dass er, beruflich im Sozialarbeiterkuchen verankert, dem das Volk zwar vieles zutraut, nicht unbedingt aber den sorgsamen Umgang mit Finanzen, innerhalb weniger Jahre die vordem maroden Gemeindefinanzen sanierte und dabei viel Geschick bewies.

Dass Zander über die Gemeindegrenzen hinaus eine gewisse Bekanntheit geniesst, liegt aber an etwas anderem. Als eines Tages die Revision der Gemeindeordnung, also gleichsam der Dorfverfassung, anstand, schmuggelte er zusammen mit einigen Gesinnungsgenossen einen Passus hinein, der das Wahl- und Stimmrecht für Ausländer vorsah (wenngleich nur in Gemeindefragen). Über die ganze Gemeindeordnung wurde von der (Schweizer) Bevölkerung natürlich ordentlich abgestimmt, und sie wurde mitsamt diesem Passus deutlich genehmigt.

Ob die Zustimmung zum dörflichen Ausländerstimmrecht nun aus Überzeugung erfolgte oder nur, weil viele diesen Passus schlicht übersehen hatten, entzieht sich meiner Kenntnis. Ich lebte damals noch nicht in Wald. Es kann gut sein, dass die dörfliche Kleinheit das Ergebnis begünstigte, weil Ausländer da keine abstrakte Kategorie sind, sondern eine Handvoll konkret fassbarer, bekannter und durchaus beliebter Menschen.

Wie dem auch sei, die Einführung des Ausländerstimmrechts in Wald war eine kleine Sensation. Ausgerechnet im als traditionell und konservativ bekannten Appenzellischen war etwas gelungen, was es, jedenfalls in der deutschsprachigen Schweiz, bisher nicht gegeben hatte, und was übrigens bis heute eine grosse Ausnahme bildet. Deshalb referiert Peter Zander bis heute oft und gern über dieses Thema.

Schliesslich trafen wir Yvonne, früher Späthippiemädchen auf dem Lande, heute bodenständige Familienfrau. Dazwischen hatte sie mal, wohl als Anknüpfung an die Hippiezeiten, eine kühne Idee gehabt. Sie eröffnete und betrieb im Nachbarsdorf einen Blumenladen, was angesichts der Konkurrenz aus den örtlichen Gärten nicht lange gut ging. Vielleicht deshalb tippte sie auf dem Bild zunächst auf die Blumen an den Hüten der Sennen. Doch dann korrigierte sie sich. Erstens gäbe es diese Papierblumen auch in anderen Gegenden. Und zweitens würden im Appenzellischen so viele wunderhübsche Blumen in natura blühen, dass man wirklich nicht auf künstliche angewiesen sei.

Am Nachmittag wanderten wir nach St. Anton. Beim Abstieg vom Tannenhügel kamen wir an einer Pferdeweide vorbei, auf der ein fröhlich hinter seiner Pferdemutter her hüpfendes Fohlen bei uns beiden eine herzerfrischende Wirkung erzielte. Dabei fiel mir auf, dass auf dem Bild noch etwas fehlte: Tiere.

Diese gehören für mich ganz zentral zum Leben hier. Na ja, vielleicht wäre das auch anderswo so, aber hier sind Begegnungen mit Tieren besonders einfach. Einer Kuh am Wegrand tief in die Augen zu schauen, einer Schafherde beim Durchqueren einer Weide als Leithammel zu dienen, neugierige Ziegen so nahe heranzulocken, bis ich sie zwischen den Hörnern kraulen kann – das sind Erlebnisse, die mir Kraft geben und mich aufbauen.

Da gibt es die beiden Esel, denen ich jedes Mal, wenn ich an ihrer Koppel vorbeikomme, jeweils exakt zwei Stück Würfelzucker bringe. Seit dem ersten Mal springen sie zum Zaun, sobald sie mich von Weitem sehen. Sie wissen auch, dass es nicht mehr als zwei Stück gibt, und hören dann sofort auf zu betteln.

Da gibt es so manchen Hund, der, statt mich beim Vorbeigehen anzubellen, fröhlich mit dem Schwanz wedelnd zum Zaun kommt, meine Hand beschnuppert und sich dann vertrauensvoll an Kopf und Schnauze streicheln lässt. Und da gibt es die vielen Katzen in meiner Umgebung, zu denen immer wieder mal eine neue stösst, die mich als Streichelmeister kennen und akzeptieren. Die eine oder andere schmeisst sich bei meinem Anblick sogar sofort auf den Rücken, um sich von mir genüsslich und unter lautem Schnurren ihr Bauchfell kraulen zu lassen.

All diese Viecher scheinen zu riechen, dass ich sie mag, unabhängig davon, ob es sich um Schönheiten oder um ziemlich verunglückte Exemplare ihrer Art handelt. Diese Erkenntnis hat mir früher, wenn ich mich mal wieder vom Menschheitsgeschlecht verlassen fühlte, viel Trost und Lebensmut gespendet. Heute bin ich anspruchsvoller und lebe ein entschiedenes Sowohl-als-auch. Zuwendung zu Menschen und zu Tieren geht sehr wohl miteinander.

Jetzt bin ich doch abgeschweift, aber ich habe Zeit. Adelina hat nach den ausführlichen Fussmärschen von heute eine gesunde Müdigkeit verspürt und schläft schon selig.

Der St. Anton ist ein Ort, zu dem ich sehr oft pilgere. Und das buchstäblich. Der Name steht für eine Kapelle, die dort gebaut wurde, um den Fuhrleuten, die Ware vom Rheintal auf dem direktesten, wenn auch mühseligen Weg nach St. Gallen transportierten, eine geistliche Einkehr zu ermöglichen – deswegen heisst der Ort eben «der St. Anton». Er liegt direkt an der Abbruchkante, von der aus das Appenzellerland steil ins Rheintal hinunter abfällt, und bietet deshalb einen herrlichen Blick über das Rheintal, den Alpstein und einen Gutteil der Bündner, Liechtensteiner und Vorarlberger Alpen.

In besagte Kapelle kehre ich jedes Mal ein, jedenfalls wenn ich allein bin. Es braucht ja niemand zu wissen, dass ich, gut protestantisch erzogen und seit jungen Jahren weit weg von jeglicher religiöser Bindung, hier urkatholische Rituale nachvollziehe. Ich tunke da doch tatsächlich einen Finger ins Weihwasserbecken, schlage die dazugehörigen Kreuze, falte die Hände und verneige mich in Richtung Altar. Haha, aber es tut mir einfach gut, weshalb ich darauf verzichte, weiter über die dahintersteckenden Widersprüche zu grübeln. Stattdessen zünde ich noch zwei Kerzen an, nicht ohne brav vorher den Obolus dafür in die Kerzenkasse gesteckt zu haben: Eine für all meine Lieben und eine auf das Gelingen meiner Werke. Seelisch gestärkt trete ich wieder aus der Kapelle.

Das mit den Katholiken und den Reformierten ist im Appenzellerland ohnehin eine besondere Geschichte, die ich Adelina unterwegs erzählte. Appenzell, damals noch nicht getrennt, war lange vom mächtigen Kloster St. Gallen regiert worden, hatte sich nach langwierigen Scharmützeln und einigen ausgewachsenen Schlachten befreit und war 1513 als dreizehnter Stand (Kanton) in die alte Eidgenossenschaft aufgenommen worden. Das mit den Unabhängigkeitsbestrebungen habe ich einfach nachvollziehen können, als ich das erste Mal von einem der Hügel des Appenzeller Vorderlandes auf die Stadt St. Gallen hinunterblickte. Was zum Teufel, so fragte ich mich, wollen die da unten uns hier oben befehlen, wie wir zu leben hätten: Das wissen wir weiss Gott selbst am besten.

Das hatten sie also kaum geschafft, als die Reformation auch das Appenzell erfasste, wenngleich nicht das ganze. Die inneren Gebiete rund um den Ort Appenzell tendierten zum alten katholischen Glauben, die äusseren Gebiete dagegen zum neuen reformierten. Dieser Konflikt, der in anderen Gegenden bis ins 20. Jahrhundert hinein zu blutigen Auseinandersetzungen führte, wurde im Appenzellerland nach längerem Hin und Her auf sehr kluge Weise geregelt: Man trennte sich in einen katholischen Halbkanton Appenzell Innerrhoden und in einen reformierten namens Appenzell Ausserrhoden.

Das Geniale daran: Jede Gemeinde entschied selbst, zu welchem Kanton sie gehören wolle. Natürlich konnten nur besitzende Männer an dieser Entscheidung teilnehmen, aber weil sie dennoch demokratisch abgestützt war, ging die Trennung, die sogenannte Landesteilung von 1597, friedlich über die Bühne.

Das Verfahren führte allerdings zu einer etwas seltsamen Geographie. Oberegg etwa, die Gemeinde, auf deren Gebiet der St. Anton liegt, gehört zwar geografisch eindeutig zu Ausserrhoden, wollte aber bei der Landesteilung katholisch bleiben und ist deshalb bis heute eine Exklave von Innerrhoden.

Um die Sache noch etwas komplizierter zu machen, gab es damals im Grenzgebiet zwischen dem katholischen Oberegg und dem reformierten Wald AR, das wir gerade durchwanderten, auch einzelne Höfe, die nicht ins Schema passten, also katholische Höfe auf dem Gebiet von Wald und umgekehrt. Da konnte nun jedes Familienoberhaupt entscheiden, zu welchem Halbkanton sein Hof gehören sollte, und entsprechend wurde die Grenze gezogen.

Adelina fand das alles zwar faszinierend, aber auch reichlich kompliziert, und meinte, eine einheitlich katholische Kultur wie jene Polens hätte auch ihre Vorteile.

Der Alpenhof, unser eigentliches Ziel auf dem St. Anton, steht unweit der Kapelle. Einst ein hübsches Sommerfrischehotel mit prächtiger Aussicht, war es bei verunglückten Renovationen verunstaltet worden und stand dann mit seiner hässlichen Eternitfassade lange als klotzartiger Schandfleck ungenutzt in der Gegend rum. Einige namhafte Künstler aus der Region hatten dann Teile davon als Atelierräume gebraucht, ehe der Kreis aus der Kunstszene erweitert und in einem Verein organisiert wurde, der das ganze Ding auf verschlungenen Wegen übernahm und zu einem Bijou ausbaute. Die Fassade ist jetzt aus Holz, die Energiebilanz vorbildlich und der grosse Saal ein lichter Wohlfühlraum mit atemberaubender Aussicht.

Künstler arbeiten dort eine Zeit lang an ihrem Werk, es finden kulturelle Veranstaltungen statt, man kann Feste feiern oder ein paar Tage lang ein Hotelzimmer mieten.

Der Alpenhof beherbergt auch die ganz spezielle Bibliothek, die der zu früh verstorbene Künstler Andreas Züst aus Trogen hinterlassen hat. Querbeet durch alle Themen hat sich da eine skurrile Mischung aus ganz populären und höchst raren Büchern angesammelt, die zu allerlei Gedanken über die Ordnungssysteme des menschlichen Geistes anregen können.

Da diese Bibliothek am Samstagnachmittag öffentlich zugänglich ist, konnte ich Adelina den ganzen Alpenhof zeigen. Sie schien beeindruckt und meinte, eine solche kulturelle Einrichtung der modernsten Art hätte sie im Appenzellerland nicht erwartet. Ich antwortete, das ginge nicht nur ihr so, doch sei die Idee, eine moderne, offene Kultur und das Appenzellerland passten nicht zusammen, eindeutig ein Vorurteil, das sich durch folgende Tatsachen leicht widerlegen lasse. Da stöhnte sie auf und sagte, sie hätte von mir eine ganze Menge Interessantes erfahren, aber jetzt könne sie nicht noch mehr aufnehmen, sondern wolle einfach nur die Aussicht und die Sonne geniessen.

Na ja, ich erzähle nun mal gerne von meiner Heimat und überfordere dabei meine Zuhörer und Zuhörerinnen schon mal. Aber ich lasse mich bremsen, ohne beleidigt zu sein. Deshalb zeigte ich Brigitta, die den Laden in Schuss hält, was bei einem Künstlervölkchen als Trägerschaft sicher nicht immer ganz einfach ist, unser jetzt schon leicht abgegriffenes Bild, verbunden mit der obligaten Frage, was für sie das typisch Appenzellische daran sei.

Lange brauchte sie nicht zu studieren, um zum Schluss zu

kommen, das typisch Appenzellische an diesem Bild sei, dass nur Männer darauf seien. Da sie gerade in einer Stimmung nur mässiger Zufriedenheit mit der Welt war, fügte sie hinzu, mit dem Stock, auf den sich der eine Senn stützt, seien sicher früher Frauen verprügelt worden.

Das schien mir zwar nun etwas übertrieben, aber als frühe Feministin hatte Brigitta natürlich allen Grund, mit Appenzell zu hadern; hat man hier doch wirklich erst unanständig spät das Frauenwahlrecht eingeführt. In der Schweiz als Ganzes war dieser Schritt mit der üblichen grossen Verspätung erst 1971 von den Männern beschlossen worden. Weil die Kantone in der Schweiz grosse Freiheiten geniessen, ganz dem Föderalismus entsprechend, wurde ihnen nicht vorgeschrieben, dass sie das Wahl- und Stimmrecht für Frauen auch auf Kantonsebene einführten. Die meisten Kantone zogen bald nach, nur nicht die beiden Appenzeller Halbkantone. Nach mehreren gescheiterten Anläufen stimmten an der Landsgemeinde von 1989 (!) die Ausserrhoder Männer zu, wenngleich sehr knapp. Ein Jahr später verfügte das Bundesgericht, das Frauenstimmrecht sei auch in Appenzell Innerrhoden einzuführen, obwohl die dortigen Männer es im selben Jahr an der Landsgemeinde noch deutlich abgelehnt hatten.

So was bleibt natürlich hängen, jedenfalls bei direkt Betroffenen wie Brigitta. Andernorts ist die Information hingegen noch nicht angekommen. Es passiert mir oft, wenn ich in Deutschland erzähle, ich käme aus dem Appenzellischen, dass ich zu hören bekomme: «Ach, das sind doch die, die immer noch kein Frauenwahlrecht haben.» Da bin ich jeweils ganz schön gefordert, im Sinne eines besseren Images meines Heimatkantons Aufklärung zu betreiben, obwohl ich dafür von der hiesigen Standortförderung noch nie ein Honorar gesehen habe.

Die Klischees von der Männerbastion Appenzell bekam ich noch ein paar Mal zu hören, als ich zum Schluss unser ominöses Bild auch einigen Kunstfreunden und Künstlerinnen zeigte, die sich zu einer Vernissage im Alpenhof versammelt hatten und dafür teilweise weither gekommen waren. Ansonsten brachte diese Befragung nichts Neues. Das vorwiegend städtische Künstlervölkchen empfand den vom St. Anton aus sichtbaren Teil des Appenzellerlandes als köstlich malerische Kulisse ihres aktuellen Aufenthaltsortes. Doch mehr als die Vorstellung einer in jeder Beziehung ziemlich abseitigen Gegend rund um den Säntis steckte nicht in ihren Köpfen. Die Frage nach dem Wesenskern des Appenzellischen ging ihnen deshalb, wie es ein Angesprochener so richtig nett formulierte, ziemlich am Arsch vorbei.

Adelina meinte auf dem Rückweg, die ganze Fragerei habe uns der Lösung unseres Rätsels nicht näher gebracht. Im Gegenteil, sie sei ob der Vielfältigkeit und Widersprüchlichkeit der Antworten verwirrter als vorher. Ich tröstete sie damit, dass es in jedem kreativen Prozess nach meinen Erfahrungen einen solchen Punkt der Verwirrung gebe, ja geben müsse, ehe sich die schöpferischen Kräfte entfalten können. In jenem Moment sah ich allerdings auch nur den verwirrlichen Teil und hatte keine Ahnung, zu welcher Lösung uns der kreative Prozess führen könnte.

Jetzt, wo ich den letzten Abschnitt lese, fällt mir ein, dass dort zwei Schlüsselwörter stehen, die den Zugang zum Wesen des Appenzellischen eröffnen könnten: Vielfältigkeit und Widersprüchlichkeit. Aber jetzt bin auch ich zu müde, um diesen Gedanken weiterverfolgen zu können. Morgen ist auch wieder ein Tag.

Sonntag, 8. Mai

Für heute Vormittag hatte uns Heinzpeter Stutzer zu einem kleinen Brunch eingeladen. Er wolle die Frage nach dem Wesen des Appenzellischen lieber persönlich besprechen. Stutzer ist ein weitherum bekannter Künstler, dessen Rohstoff

Worte sind, die er auf Emaille-Tafeln brennt – unter anderem natürlich. Zwei seiner Werke, je eine Tafel mit der Aufschrift «Place of Chaos» beziehungsweise «Place of Choice» haben wir gestern schon im Alpenhof gesehen.

Erst kürzlich hat er mit einer Aktion zum Gedenkjahr des hundertsten Todestags von Henry Dunant, dem Gründer des Roten Kreuzes, der seine letzten Jahrzehnte bekanntlich in Heiden verbracht hat, Aufsehen erregt. Stutzer liess in Heiden mehrere Friedenstische im Freien aufstellen. Das sind Tische in Form eines roten Kreuzes, in deren Flächen eine Art Anleitung für Konfliktlösungen eingelassen ist. Die Idee ist, dass sich an den Schenkeln des Tisches Menschen gegenübersitzen, die einen Konflikt zu lösen haben, was ihnen wegen der Symbolkraft der Tische und wegen der immer wieder nachzulesenden Grundsätze einer friedlichen Auseinandersetzung dort leichter fallen sollte als anderswo.

Nach allem, was ich so mitbekommen habe, betreibt Stutzer eine so intelligente wie gekonnte Form von Kunst. Zudem unterhält er zusammen mit seiner Frau Kathrin in ihrem alten Haus ausserhalb von Trogen eine Oase der Gastlichkeit, wovon ich mich heute wieder mal überzeugen konnte. Von wegen kleiner Brunch. Der lange Holztisch in dem grossen Raum, der einst ein Schulzimmer gewesen ist und jetzt eine Mischung aus Kunstgalerie und Abstellraum bildet, bog sich förmlich vor lauter Köstlichkeiten, unter denen diverse einheimische Spezialitäten herausragten. Selbst zu dieser frühen Stunde wurde das Mittrinken eines Glases Wein ganz selbstverständlich erwartet, und geraucht wurde allseits ebenfalls ungeniert.

Nach der eindrücklichen Führung durch das ganze Haus, während der Adelina und ich die vielen an den Wänden hängenden oder irgendwo herumstehenden Kunstwerke von Stutzer selbst und von befreundeten Künstlern gebührend bewunderten, entspann sich ein inspirierendes Gespräch über das Appenzellische an sich.

Stutzer, einst selbst ins Appenzellerland eingewandert, vertrat die These, für eine Gegend, die zusammen gerade mal siebzigtausend Einwohner hat, also so viel wie eine Stadt, die man fast überall, ausser vielleicht in der Schweiz, als Kleinstadt bezeichnen würde, verfüge das Appenzellerland über eine ausserordentlich vielseitige Kulturlandschaft. Kathrin verwies in diesem Zusammenhang auf das Puppenmuseum in Wald, eine beeindruckend originelle Sammlung, und auf den zusammen mit seiner Frau aus Zürich eingewanderten Kleinverleger, der in einem abgelegenen Gasthaus ausserhalb von Oberegg eine angesehene Literaturzeitschrift herausgibt und sich daneben unter Pseudonym als Krimiautor betätigt. Auf einen Kellerraum in einem Haus auf der Vögelinsegg kam die Rede, in dem monatlich eine Veranstaltung stattfindet, an der ein liebevoll gekochtes Menü mit Kleinkunst aller Art kombiniert wird. In Wald, fügte Kathrin hinzu, sei eine Stiftung namens spirit.ch zu Hause, die eine Internetplattform für nachhaltige Lebensqualität betreibe, und auch so etwas würde man sicher überall vermuten, aber doch nicht gerade in einem Appenzeller Kaff.

Wir sprachen über Appenzeller Kunstsammlungen und aktive Künstler wie Roman Signer, dessen Weltruhm auf einem wunderbar skurrilen Einsatz von Feuer und Sprengstoff basiert. Dabei kamen wir vom Hundertsten ins Tausendste.

Aus alledem zog Stutzer den unwiderlegbaren Schluss, das Appenzellerland sei ein ideales Biotop für Individualisten. Und zwar nicht nur im Bereich der Kultur, sondern grundsätzlich. Wo man so weit auseinander lebe wie hier, könnten sich Eigenheiten und Schrullen unbeobachteter und ungestörter entwickeln als anderswo. Beanspruche man für sich diesen Freiraum zur Entfaltung von Eigensinn, käme man gar nicht umhin, auch die entsprechenden Freiräume der anderen zu respektieren.

Ob das wirklich der Grund ist, weiss ich nicht, aber auffällig ist es schon, wie oft man in dieser Gegend auf eigenwillige, ja eigensinnige Persönlichkeiten trifft. Darunter gibt es auch ein paar eigentliche Freaks. Die Mehrheit kümmert sich einfach etwas weniger um Konventionen als andere und lebt dafür ihr eigenes Ding. Wir waren uns einmal mehr darüber einig, dass dies für Individualisten wie uns ein sehr überzeugender Grund ist, hier zu leben.

Das prächtige Wetter lockte uns bald wieder nach draussen. Wir waren mit dem Postauto gekommen und beschlossen nun, den Rückweg zu Fuss zu machen. Und weil wir schon in der Nähe waren, wollten wir auch jenem Ort einen Besuch abstatten, an dem Adelina und ich uns einst kennengelernt hatten, dem Bädli.

Auf dem steilen Abstieg ins Tal sahen wir das markante Gebäude von Weitem. Es liegt zwar fast im Talgrund, ist aber geschickt so platziert worden, dass es ein Maximum jener Sonneneinstrahlung erhält, die an einem solchen Ort überhaupt möglich ist. Noch nicht absehbar war zum Zeitpunkt des Baus allerdings, dass eines Tages eine Hochspannungsleitung unmittelbar am Haus vorbeiführen würde …

Bevor die WG gegründet wurde, hatte ein Tüftler und Erfinder im Bädli gelebt und gewirkt. Noch früher war das Haus tatsächlich ein Kurbad und damit Teil jenes frühen Gesundheitstourismus gewesen, den es überall im Appenzellerland gab. Diese Wurzeln treiben noch immer Früchte. Es gibt Kurkliniken und Bäder und gut ausgelastete Hotels, die zu wesentlichen Teilen von Kurgästen im eigentlichen Sinne leben. Die Zeiten allerdings, in denen ganze Familien mehrere Wochen lang im Appenzellerland Ferien machten, sind längst vorbei. In meinem Dorf Wald zum Beispiel, so habe ich mir sagen lassen, waren damals in der Hochsaison der Sommerfrische nicht nur sämtliche längst nicht mehr existierenden Gasthöfe voll belegt, es mussten auch noch Privatunterkünfte dazugemietet werden. Heute, da zwei Wochen Bali billiger sind als Ferien im Appenzellerland, sind das nur noch nostalgische Erinnerungen.

Solche kamen auch bei Adelina und mir auf, als wir uns jetzt dem Bädli näherten. Ich erzählte ihr noch kurz davon, wie Appenzell das kulturelle Gen eines besonderen Verhältnisses zu Gesundheit und Heilen weiter pflegt. Man pflegt hier den Grundsatz, wer heile, habe recht, unabhängig von staatlichen Regulierungen, und regelt diese Dinge deshalb weitaus liberaler als anderswo. Nur hier können Alternativmediziner aller Art und sogar Zahnärzte ohne Universitätsdiplom ungehindert praktizieren. An der Ausfallstrasse von St. Gallen nach Teufen sieht man das gut: Kaum ist die Kantonsgrenze passiert, reiht sich eine einschlägige Praxis an die andere.

Auch die Herstellung von Naturheilmitteln ist hier (noch) freier, weshalb es dafür etliche kleinere und grössere Produktionsbetriebe gibt, vor allem im Ausserrhodischen. Interessanterweise gibt es einen Unterschied zwischen den beiden Halbkantonen. Beide schätzen zwar Heilmethoden ausserhalb der Schulmedizin, doch während Ausserrhoden dabei vor allem auf Kräuter und Heilpflanzen setzt, hat sich in Innerrhoden eine Tradition der Heilung mit unsichtbaren spirituellen Mitteln erhalten. Adelina meinte noch, das passe ja, wenn Innerrhoden auf die innere und Ausserrhoden auf die äussere Welt setze, dann waren wir auch schon da.

Wo früher zu den Zeiten der WG lebhafter Betrieb mit entsprechender Lärmemission geherrscht hatte, empfing uns jetzt nichts als Stille. Immerhin, Otto, der letzte übrig gebliebene Mohikaner, hatte die Gunst des Wetters ebenfalls genutzt und werkelte im Garten. Er offerierte uns ein Bier, natürlich ein Appenzeller Quöllfrisch, und berichtete von den Schicksalen der früheren WG-Bewohner. Von manchen wie jenem selbst ernannten Säulenheiligen, der sich für einen Wiedergänger Jesu hielt und die Bibel im Sinne eines strikten Bilderverbots interpretierte, weshalb er sich nicht nur weigerte, fotografiert zu werden, sondern auch das Bild aus seinem Pass herausgerissen hatte, hatte man nie mehr etwas gehört. Andere hatten sich irgendwo im Jura in alternativer Landwirtschaft versucht, um damit, aus welchen Gründen auch immer, grandios zu scheitern, wonach sie auf den Pfad ganz normaler bürgerlicher Biografien mit Beruf und Familie eingeschwenkt sind.

Für alle war das Bädli eine Art biografischer Durchlauferhitzer, ein soziales Versuchslabor, in dem man herausfinden konnte, was man wollte und was nicht.

Adelina wurde diese Note des Gesprächs zu ernsthaft, und sie erinnerte daran, dass die Bädli-WG ein Ort gewesen sei, an dem man einfach Spass haben konnte. Sie zum Beispiel habe nie so viel Musik gehört wie zu ihren Bädli-Zeiten. Worauf Otto daran erinnerte, dass gerade die Auswahl der Musik immer wieder ein Anlass für ziemlich ruppige Konflikte gewesen sei. Er jedenfalls freue sich darüber, dass er jetzt niemanden mehr fragen müsse, welche Musik genehm sei.

Daraus entwickelte sich ein lebhaftes Gespräch über Appenzeller Musik. Das lag nahe. Einst hatte im Bädli eine Band gelebt, die legendären «Minstrels», die es 1969 mit ihrem Gassenhauer «Grüezi wohl, Frau Stirnimaa» nicht nur an die Spitze der Schweizer Hitparade geschafft hatten, sondern auch in die Top Ten der Nachbarländer. Eines der Bandmitglieder ist übrigens später bachaufwärts gezogen und hat dort lange eine kleine Druckerei betrieben, die bis vor Kurzem das Dorfblatt von Wald hergestellt hat.

Otto hatte aus dem Zufall heraus, dass er im selben Haus lebte wie einst die Minstrels, eine Vorliebe für Appenzeller Klänge entwickelt. Weniger für die klassische volkstümliche Musik, die ist ja gar nicht wirklich alt und zudem von fremden Strömungen beeinflusst – dass laufend Polka und Schottisch gespielt wird, spricht Bände. Doch einige Appenzeller Musiker wie etwa die fast ebenso legendären «Appenzeller Space Shuttle» haben die einheimischen Musiktraditionen aufgenommen und weiterentwickelt, woraus sich sehr eigenwillige, ja schräge Klänge ergaben.

Und die wirklich alten Klänge. Jene des Alphorns etwa, das zwar kein speziell appenzellisches Instrument ist, aber dessen weit hallende Töne in dieser Hügellandschaft besonders gut zur Geltung kommen. Oder den spezifisch ostschweizerischen

Naturjodel, der in Ausserrhoden Zäuerli und in Innerrhoden Rugguserli heisst. Weil ich das kaum besser ausdrücken könnte, zitiere ich dazu einen Text aus dem Begleitbüchlein einer CD, die eine Sammlung mit Naturjodel enthält:

«Im Naturjodel wird ein ‹Bild› gemalt, ein Gefühl ausgedrückt und dieses Empfinden ohne Worte – in bestimmter Tonfolge, dynamisch und rhythmisch gestaltet – wiedergegeben. Der mehrstimmige Gesang ohne Worte ist in seiner Natürlichkeit kaum zu übertreffen. Der Vorjodler beginnt seinen Jodel, ein zweiter Jodler ‹fährt nach› – das heisst, er interpretiert frei eine harmonisch passende Hochstimme dazu. Erst dann setzt der Chor ein und gibt dem Naturjodel die gewisse Fülle.»

Unterschiedlich interpretieren kann man die im Naturjodel ausgedrückten Gefühle. Wenn ich Gästen diese Klänge vorführe, hören sie zunächst meist nur eine abgrundtiefe Traurigkeit, eine Klage über die harten Lebensbedingungen, denen die Menschen hier oben früher ausgesetzt waren. Ich dagegen höre darin eine Mischung aus Melancholie und starkem Lebensmut, der die Menschen immer wieder befähigte weiterzumachen. Adelina, welche die von Otto vorgeführten Beispiele auch eher befremdlich fand, drängte daraufhin zum Aufbruch. Wir seien noch mit Sonja und Max verabredet.

Der steile Aufstieg nach Wald liess uns keuchen und schwitzen. Im Rechberg kamen wir an dem zwar wieder aufgebauten, aber jetzt leer stehenden Haus vorbei, in dem einst unser gemeinsamer alter WG-Kumpel U. bei einem Brand ums Leben gekommen war, nicht ohne vorher die vielleicht glücklichste Zeit seines Lebens erlebt zu haben. Es hatte damals so viele Gerüchte gegeben, dass der Fall sich für mein Buch über Appenzeller Geheimnisse durchaus geeignet hätte. Doch aus einer über seinen Tod hinausreichenden Loyalität verkniff ich mir das.

Oben im Dorf folgten wir ein Stück weit der Strasse in Richtung Bleiche, um dann in der ersten scharfen Rechtskurve links abzubiegen auf einen kleinen Fussweg, von dem man wissen muss, dass es ihn gibt, um ihn zu finden. Der Weg führt in eine bewaldete kleine Bachschlucht hinein, an deren Ende, also an unserem Weganfang, ein künstlich gestauter Weiher liegt, der lange der Feuerwehr als Wasserspeicher gedient hat. Den Weiher und den Bach entlang führt ein Pfad mit etlichen eingebauten Brücken und Galerien weiter. Weil es in diesem steilen Gelände öfter zu kleineren oder grösseren Erdrutschen kommt, muss der Pfad immer wieder repariert werden, was dank Gemeindebehörden auch immer geschieht, obwohl der Weg eher selten begangen wird.

Auch jetzt waren wir allein. Der Bach zeigte zwar nur noch Spurenelemente seiner sonstigen Eindrücklichkeit, doch auch das genügte mir, um Adelina mein inniges Verhältnis zu munter fliessenden Bächen zu gestehen. Vielleicht liegt es daran, dass mein Sternzeichen in der astrologischen Tradition dem Element des ursprünglich fliessenden Wassers zugeordnet wird. Jedenfalls war mir das freie Fliessen des Wassers seit frühen Kindheitstagen ein Herzensanliegen. Während die meisten Kinder ihr Vergnügen darin finden, einen Bachlauf zu stauen, habe ich immer schon lieber Hindernisse aus dem Bach weggeräumt.

Bis heute, druckste ich leicht verschämt, überfalle mich an manchen Stellen eines Bachs dieses unwiderstehliche Bedürfnis. Ich knie mich am Ufer nieder und räume Steine, Äste und nasses Laub aus dem Bach, nur um mich daran zu erfreuen, wie dieser danach wieder viel lebhafter sprudelt und gluckst. Zum Glück liegen diese Stellen alle an ziemlich abgelegenen Orten, weshalb die Gefahr, dass mich alten Knacker jemand bei diesem kindlichen Tun erwischt, ziemlich klein ist.

Adelina aber zeigte ich eine dieser Stellen, da, wo am oberen Ende des Tobels zwei Bäche zusammenfliessen. Sie lächelte nur milde. In den paar Tagen unseres Zusammenseins hat sie bereits eine bemerkenswerte Toleranz meinen Schrullen gegenüber entwickelt.

Auch bei Sonja und Max sassen wir draussen. Max hatte einst zum harten Kern der Bädli-WG gehört und sich dann mit dem Erlös aus dem gerade noch rechtzeitig erfolgten Verkauf seiner kleinen IT-Firma in einem kleinen Weiler ausserhalb von Wald ein altes Haus gekauft und zusammen mit seiner Lebensgefährtin Sonja liebevoll restauriert. Mit Erdwärmeheizung selbstverständlich, schliesslich lebt Max heute als selbstständiger Nachhaltigkeitsberater.

Dass er, der sich früher als Rebell gesehen hatte, heute die Zeitung des Hauseigentümerverbandes rumliegen hat, ist immer wieder Gegenstand einer herzlich gemeinten Frotzelei meinerseits. Wir haben uns im Laufe der vielen Jahre, die wir uns kennen und in deren Verlauf wir immer wieder mal sporadisch gemeinsam an Projekten gearbeitet haben, so gut kennengelernt, dass wir uns gegenseitig nichts mehr vormachen können und wollen.

Eine verbindende Gemeinsamkeit liegt darin, dass wir beide keine gradlinige Biografie aufweisen. Obwohl über ein Dutzend Jahre jünger als ich, verfügt Max schon über Erfahrungen als gelernter Handwerker, Sozialarbeiter, Weltreisender, Kleinunternehmer und Absolvent eines Fernstudiums. Wenn man einmal solche Erfahrungen ausserhalb der ausgefahrenen Karrieregleise gemacht hat, langweilen einen die stromlinienförmigen Biografien. Man wendet sich lieber Gleichgesinnten zu, zumal dann, wenn diese wie Max und ich eine ausgesprochene Vorliebe für die Freiheiten und Unabhängigkeiten einer Existenz als Freischaffende entwickelt haben. Selbst wenn diese mit allen Unsicherheiten des ständigen Wandelns am Abgrund des finanziellen Absturzes verbunden ist.

Sonja geht mit Max buchstäblich durch dick und dünn, wobei Letzteres eher mit dem gelegentlichen Inhalt des Portemonnaies und Ersteres eher mit dem Leibesumfang von Max verbunden ist. Irgendwo in ihrer Herkunft muss sich eine starke kulturelle DNA der Gastfreundlichkeit entwickelt haben, die sie hegt und pflegt, was neben den intensiven Gesprächen mit Max über Gott und die Welt und mögliche gemeinsame Projekte ein wichtiger Grund ist, dass ich oft und gerne in ihrem Haus einkehre.

Sonja und Max haben sich im Bädli kennen- und lieben gelernt. So lag es nahe, dass wir gemeinsam mit Adelina zunächst alte Erinnerungen auffrischten. Dann zeigten wir ihnen unser Bild. Ich habe den beiden bisher nichts von meiner Verbindung zur Leiche in der Bleiche erzählt, obwohl wir sonst wenige Geheimnisse voreinander haben. Zunächst musste ich das mal alles allein verarbeiten, dann ist Adelina aufgetaucht mit ihren bedrohlichen Geschichten, in die ich niemanden hineinziehen wollte. Und jetzt schien es mir nicht der richtige Augenblick für ein Geständnis zu sein. Deshalb fragte ich ganz allgemein nach dem Appenzellischen im Bild, was weiter keinen Verdacht weckte, da sie von meinem Buchprojekt wissen.

Sosehr Sonja und Max, wie ich, die ganze Kampagne und speziell die Werbespots mochten, so wenig aussagekräftig fanden sie das Einzelbild. Nicht ihr Geschmack, basta. Da ich weiss, dass in Geschmacksfragen bei ihnen wenig auszurichten ist, liessen wir das Bild Bild sein und sprachen über Nachhaltigkeit im Appenzellerland.

Max, dessen Devise lautet: «Nachhaltigkeit ist eine Frage der Geisteshaltung!», liess keinen Zweifel daran offen, dass das Appenzellerland eine Gegend mit den besten Voraussetzungen für eine nachhaltige Zukunft sei, und zwar wegen seiner nachhaltigen Vergangenheit. Da könnte, auch nach meiner unmassgeblichen Meinung, was dran sein. Immerhin hat man hier über die Jahrhunderte eine Form von Landwirtschaft und generell von Wirtschaft entwickelt, die mit den vorhandenen Ressourcen auskommen musste und ausgekommen ist.

Das sei, meinte Max, eine Form von stabiler kultureller DNA, auf der sich eine glorreiche nachhaltige Zukunft aufbauen lasse. Ich wagte schüchtern einzuwenden, die Gegenwart sähe aber doch deutlich anders aus. Da kämen die einst auf ihre Unabhängigkeit so stolzen Milchbauern nicht ohne Fremdfutter und üppige Subventionsströme aus, was ja alles nicht sehr nachhaltig sei. Doch Max liess sich nicht mehr bremsen. Wenn er einmal zu einem utopischen Gedankenflug abgehoben hat, dauert es immer eine ganze Weile, ehe er, meist mit gütiger Unterstützung von Sonja, wieder auf dem Boden der Realität landet.

Das wollten Adelina und ich dieses Mal nicht abwarten, weshalb wir uns auf den Heimweg gemacht haben. Dort sinnierten wir noch ein Weilchen darüber, was uns die bisherige Suche gebracht hat. Weil wir feststellen mussten, dass die einzige Erkenntnis darin bestand, dass das typisch Appenzellische viel zu vielfältig und darüber hinaus viel zu widersprüchlich ist, um es in einem Bild unterzubringen – geschweige denn in einem Detail –, liessen wir das Thema. Es deprimierte uns im Moment zu sehr.

Dienstag, 10. Mai

Gestern bin ich gar nicht zum Schreiben gekommen, weil so viel los war, auch und gerade mit Adelina. Heute habe ich umso mehr Zeit, denn Adelina ist weg. Doch der Reihe nach.

Unser Rundmail hatte wenig Resonanz ausgelöst, oder, wie es Adelina in ihrer etwas direkteren Art formulierte, die Aktion hatte sich als ziemlicher Flop erwiesen. Ich hatte angenommen, die Leute würden sich mit grösstem Vergnügen in die Herausforderung stürzen, über das Appenzellische an sich im Allgemeinen und in Form eines Bildes im Speziellen zu hirnen, doch das war offensichtlich eine Fehlannahme.

Ein paar wenige Mails waren über das Wochenende und am Montagvormittag eingetrudelt. Das erste kam von Michael aus dem Nachbardorf. Dort habe ich auch einmal gelebt. Eines Tages klingelte er bei mir auf der Suche nach Löschwasser, weil auf der Ladefläche eines Handwerkerautos in der prallen Mittagshitze ein Lappen mit Lösungsmitteln in

Brand geraten war. Michael entdeckte, nachdem ich ihn nach der erfolgreichen Brandlöschung hereingebeten hatte, beim Herumstöbern in meiner Wohnung ein Buch von mir, das ihn wegen des Themas interessierte. Seitdem pflegen wir einen losen Kontakt, der vor einiger Zeit intensiviert wurde, als ich ihn bei der Realisierung eines seiner Lebensträume ein bisschen unterstützt habe. Es ging darum, dass er ein Buch über seine Erfahrungen als Geling-Coach schreiben wollte.

Auch Michael ist so ein Typ, der sich im Appenzellerland, im Biotop für Individualisten, wohlfühlt. Auf verschlungenen Pfaden hat er ein immenses Wissen über das Gelingen gesammelt und gibt dieses erfolgreich an Klienten aller Art, darunter auch etliche Spitzensportler, weiter. Im erwähnten Buch hat er dieses Wissen unter dem Titel «WowPrinzip» zusammengefasst. Eigentlich sieht er, der mit seiner ihn hingebungsvoll unterstützenden Frau und einer ganzen Schar lauter hochbegabter Kinder im Nachbardorf lebt, mit seiner permanenten Wollmütze auf dem Kopf eher aus wie ein passionierter Schafzüchter, doch unter der Mütze steckt ein ausgesprochen wacher Kopf.

Item, Michael jedenfalls riet, bei der Suche nach dem typisch Appenzellischen auf dem Bild ganz dem inneren Sinn für das WowPrinzip zu vertrauen und das Bild so lange zu betrachten, bis an irgendeinem Punkt ganz von selbst ein lauter Schrei namens «Wow!» aus uns aufsteigen würde. Das versuchten wir eine ganze Weile, doch leider ohne Erfolg.

Ein weiteres Mail kam aus München von meinem alten Freund Arthur, der als gebürtiger Schweizer schon vor Jahrzehnten ausgewandert ist und fern der Heimat, die auch appenzellische Wurzeln beinhaltet, als eine Mischung aus Künstler und Lebenskünstler lebt. Eine Verbindung zu seinen appenzellischen Wurzeln gibt es, auch wenn er nur noch selten hierherkommt: seine ausgesprochene Vorliebe für Appenzeller Käse.

Da alle Welt, schrieb er, fraktal sei, speziell aber das Appenzellerland mit seinen selbstähnlich gebrochenen Hügelsilhouetten, sollten wir doch einfach darauf achten, wo sich diese Fraktalhaftigkeit im Bild besonders ausdrücke. Er tippe dabei auf die sonnenbeleuchteten Haare des Typen in der Mitte, den er offenbar gar nicht erkannte. Oder kannte. Egal, auch das scheint uns nicht wirklich weiterzuhelfen.

Adelina verzog sich an ihren Computer, und ich legte letzte Hand an mein Buchkonzept. Da kam ein Mail von Jeanette. Ich habe sie kennengelernt, als sie mal die Idee hatte, es sei auf dem Land doch schöner als im gewohnten Zürich. Sie hatte sich deshalb in Wald eine Wohnung genommen und mit der Einsitznahme in eine der unzähligen dörflichen Kommissionen auch einen Integrationsversuch unternommen. Bald hatte sie ihren Irrtum eingesehen und war wieder nach Zürich gezogen, um in ihrem angestammten Beruf in der Werbung zu arbeiten. Ja, es gibt eben Stadtmäuse und Landmäuse …

Jeanette also schrieb, für sie als Werberin sei das Bild nicht typisch appenzellisch, weil zu plump, und das hätten die hintersinnigen Appenzeller nicht verdient. Viel besser, weil hintersinniger, würde die seinerzeitige Anzeige mit dem ja nun unter seltsamen Umständen verstorbenen Emil Matzenauer, der für Appenzeller Alpenbitter wirbt, für sie den Markenkern Appenzell verkörpern.

Adelina kam von ihrem Laptop zurück, las das Mail und wollte die darin erwähnte Anzeige sehen. Mit ihrem Recherchier-Geschick war es ihr natürlich ein Leichtes, dieselbe in einem Internetarchiv aufzustöbern. Sie betrachtete sie eine Weile und murmelte dann etwas vor sich hin, was wie «seltsam» klang. Zunächst wollte sie nicht recht mit der Sprache herausrücken, doch dann kam etwas ans Licht, was mir gar nicht gefiel.

Sie gestand mir, dass sie schon seit ein paar Tagen dort angeknüpft habe, wo sie wegen der Drohungen durch das Syndikat vor einigen Wochen aufgehört hatte: bei Recherchen über Emil Matzenauer. Sie habe die Hoffnung verloren, dass wir jemals auf dem Weg über den Werbespot etwas über die geheimnisvollen Umstände seines Ablebens erfahren würden, falls es solche überhaupt gäbe.

Heimlich musste ich ihr recht geben, auch meine diesbezüglichen Hoffnungen dümpelten nur noch schwach. Das rechtfertigte jedoch in meinen Augen nicht, dass sie sich hinter meinem Rücken Informationen beschaffte. Das sagte ich ihr. Ziemlich grimmig schob ich die Frage nach, ob die Recherchen denn wenigstens etwas Sinnvolles gebracht hätten.

Zunächst nicht, sagte sie. Die öffentlich zugänglichen Quellen im Internet hätten ausnahmslos nur die bereits bekannten Informationen über Emil Matzenauer enthalten. Kunststück, dachte ich für mich, diese Quellen habe ich selbst längst abgegrast. Dann kam der Hammer. Adelina hat daraufhin das gemacht, was ihr längst zur Gewohnheit geworden war: Als die legal anzapfbaren Quellen versiegten, hat sie einfach bei den illegal zugänglichen Datenbanken weitergemacht.

Als ich das erfuhr, wurde ich ernsthaft wütend. Das ist mir in den letzten Jahren nur noch höchst selten geschehen. Was sie sich eigentlich dächte, von meinem Anschluss aus Systemeinbrüche zu unternehmen, wo das Syndikat doch offenbar fähig sei, ihr System bis in den letzten Winkel der Erde zu verfolgen. Und mit Sicherheit Typen auf der Lohnliste habe, denen man im Dunkeln höchst ungern begegnen würde. Sie hätte ja in den letzten Nächten gesehen, dass es bei mir oben auf dem Hügel sehr dunkel werden könne. Ich hätte keinerlei Lust, dass diese Typen – oder auch die Polizei – plötzlich vor meiner Haustür stünden. Ich sei ein alter Mann, der seine Ruhe brauche und wolle, und ganz sicher keine Aufregungen durch kriminelle Machenschaften.

Was ich verschwieg, auch wenn meine Aufregung dadurch sicher verstärkt wurde, ist die Tatsache, dass neben meiner Angst vor den Folgen dieses kriminellen Tuns noch ein ganz anderes Motiv im Spiel war. Ich bin, um es frank und frei zu gestehen, ein alter Moralist, ein gesetzestreuer Bürger, der sich nur gelegentlich eine kleine Abweichung vom Pfad der Gesetze erlaubt. Dieser Teil von mir empörte sich in diesem Moment darüber, dass ein mir nicht ganz gleichgültiger Mensch etwas getan hatte, was man einfach nicht tut.

So laut wurde ich deswegen, dass sicher die Nachbarn herbeigeströmt wären, falls es da oben Nachbarn gäbe, was zum Glück nicht der Fall ist. Adelina wirkte sichtlich erschrocken. So kannte sie mich nicht. Sie begann heftig zu schluchzen und erklärte unter Geschniefe, sie habe das alles doch bloss für mich getan. Sie habe gemerkt, wie sehr mich das alles beschäftige und ablenke, und sie hätte mir bloss etwas Seelenruhe schenken wollen.

Das fand ich ja ganz lieb von ihr. Dennoch konnte und wollte ich solches Tun nicht billigen und empfahl ihr dringend, sofort mit der Hackerei aufzuhören, wenn sie sich meine Freundschaft nicht verscherzen wolle. Jedenfalls so lange sie hier bei mir sei. Das versprach sie hoch und heilig, worauf wir uns beide dank ein oder zwei geteilter Pfeifchen allmählich wieder beruhigten. Ob sie mir denn, fragte sie, schon wieder mit diesem leicht verschmitzten Lächeln auf den Lippen, das ich an ihr so mag, wenigstens erzählen dürfe, was sie da eben so irritiert habe? Nachdem sie mir zugesagt hatte, das sei das einzige kriminell erworbene Wissen über Matzenauer, das sie mit mir je teilen würde, willigte ich ein.

Ich erfuhr, dass Matzenauer bei der Kuh-Bank in Grub AR ein Konto unterhalten hatte. Sein meistes Geld lag, wie sich das gehört, in seinem Heimatkanton Appenzell Innerrhoden. Sein Ausserrhoder Konto hatte er offenbar dazu genutzt, gelegentlich Zahlungen abzuwickeln, von denen niemand etwas erfahren sollte, und zwar private. Sollte es zweifelhafte geschäftliche Zahlungen wirklich gegeben haben, so waren sie sicher nicht über diese Minibank gelaufen. Darauf hatte Adelina all ihren Hackkünsten zum Trotz keine Hinweise gefunden.

Die Zahlungen vom Konto der Kuh-Bank waren harmloser Art. Ein paar Nutzergebühren für zweifelhafte Websites waren darunter. Und eben jene, die Adelina wieder eingefallen waren, nachdem sie Matzenauers Werbung für Appenzeller Alpenbitter gesehen hatte.

Es ging um eine grössere Lieferung von «Fernet-Branca». Was zum Kuckuck wollte ein erklärter Liebhaber des einheimischen Magenbitters mit einem Konkurrenzprodukt aus dem fremdländischen Mailand? Noch so ein ungelöstes Rätsel, und davon hatte ich allmählich genug.

Auch bei Adelina war der kleine Anflug von Heiterkeit rasch wieder vorbei. Unser kurzer, aber heftiger Streit hatte auf die beidseitige Stimmung gedrückt, und so löffelten wir unser einfaches Abendessen in ungewohnter Schweigsamkeit. Die Wetterfrösche hatten ein baldiges Ende der frühsommerlichen Schönwetterperiode angesagt, und so beschlossen wir, den Resttag zu nutzen und ihn mit einer gemeinsamen Betrachtung des Sonnenuntergangs zu beschliessen.

Zu diesem Zweck mussten wir nur wenige Schritte zum höchsten Punkt des Tannenhügels gehen, zu jenem Punkt, wo einst Signalfeuer, deren Botschaften von Hügelspitze zu Hügelspitze liefen, vor heranrückenden Feinden und anderen Plagen warnten. Dort setzten wir uns nebeneinander ins Gras und taten nichts, ausser Weinflasche und Pfeife hin und her wandern zu lassen und der Sonne bei der Vollendung ihres Tageskreises zuzuschauen. Es ist ein zauberhafter Anblick, von dem ich nie genug bekommen werde, wenn die Sonne in die Dunstwolken über den Hügeln hinter der Stadt St. Gallen taucht und dabei ein so zartes wie kraftvolles Feuerrot annimmt.

Sobald unser Hauptgestirn untergegangen war, wurde es empfindlich kühl. Es gibt da oben zwar eine Feuerstelle, doch offenes Feuer war wegen der grossen Trockenheit verboten, und selbst wenn nicht, hätte mein mit den Jahren immer ausgeprägter vorsichtiges Wesen wohl darauf verzichtet, direkt am furztrockenen Waldrand Feuer zu entfachen. Stattdessen rückten wir einfach ein bisschen näher zusammen.

Ich spürte ihre Hand an meiner, und ich begriff, dass sie mich damit wortlos um Verzeihung für ihr sie und mich gefährdendes Tun bitten wollte. Um das Signal meiner Hand, ich würde ihr verzeihen, zu verstärken, küsste ich sie hauchzart auf die Wange. Wie daraus ein zunächst inniger und dann immer leidenschaftlicher werdender Kuss wurde, kann ich nicht mehr sagen. Genauso wenig, wie ich fähig wäre, die darauffolgende heisse Stunde im kühlen Gras am Waldrand auf dem Tannenhügel einigermassen adäquat zu schildern. Das einzige, woran ich mich noch erinnern kann, ist, dass ich auf dem kurzen Rückweg ins Haus den Gedanken hatte, das wäre doch eine echte Schlagzeile für den «Blick», fast so gut wie «Eine Leiche in der Bleiche»: «Höhepunkt auf dem höchsten Punkt.» Ja, so beschwipst von Trank und Rauch war ich, dass mir nach diesem einmaligen Erlebnis derartig abseitige Gedanken durch den Kopf gingen …

Kein Wunder, dass ich gestern Nacht nichts mehr geschrieben und heute Morgen ziemlich lange ausgeschlafen habe. Als ich meine Sinne wieder einigermassen beisammen hatte, war ich allein.

Adelina hat mir einen handgeschriebenen Brief hinterlassen. Darin bittet sie noch einmal um Vergebung dafür, dass sie in meinem Haus weiter gehackt habe. Sie wolle mich nicht länger in Gefahr bringen und haue deshalb lieber ab. Sie sei selbst nicht mehr glücklich mit ihrem Tun und wolle deshalb jetzt erst einmal eine Auszeit nehmen, um herauszufinden, wie sie davon loskommen und künftig weniger gefahrlose Wege finden könne, um ihr Auskommen zu sichern. Eine Schwester von ihr lebe in einem Kloster tief in der polnischen Provinz, und dorthin werde sie sich jetzt für ein paar Wochen zurückziehen.

Im Übrigen sei ihre Abreise sicher auch so etwas wie eine Flucht vor dem, was sich zwischen uns aufgetan habe. Sie hätte sich in den letzten Tagen ein bisschen in mich verliebt und durchaus das Gefühl gehabt, das beruhe auf Gegenseitigkeit. Die letzte Nacht oben auf dem Hügel hätte diese Gefühle ungemein verstärkt, doch sie habe nach längerem Nachdenken in schlafloser Nacht einsehen müssen, dass die Aussichten für eine gemeinsame Zukunft nicht zum Besten stünden. Zu gross seien die Unterschiede in Temperament, Interessen, Erfahrungen und Lebensentwürfen. Und statt diese Einsicht durch gelebtes Leben quälend bestätigen zu müssen, habe sie es vorgezogen aufzuhören, wenn es am schönsten ist.

Sie bittet mich in dem Brief noch, sie nicht zu suchen, was ohnehin hoffnungslos wäre. Falls ich herausfinden sollte, wo im Bild sich Matzenauers Botschaft versteckt, könne ich ihr das an eine geheime und sichere Mail-Adresse mitteilen. Die nötige Entschlüsselungs-Software hätte sie schon auf ihrem Laptop – ganz legal, wie sie hinzufügte – und den ganzen Spot ohnehin, und sie würde mir diesen letzten Liebesdienst gerne noch leisten, ehe sie ganz aus meinem Leben verschwände.

Meine Stimmungslage schwankte nach der Lektüre des Briefs zwischen Trauer und Erleichterung. Sie hat ja durchaus recht: Auch ich habe mich mehr als ein bisschen in sie verguckt. Und die eine Stunde da oben auf der Hügelkuppe werde ich vermutlich bis an mein Ende zu den Höhepunkten meines Lebens zählen. Sie jetzt ebenso plötzlich, wie sie aufgetaucht ist, wieder zu verlieren, tut weh. Ich vermisse sie sehr.

Und sie hat recht mit ihrer Prognose, wir hätten nicht wirklich eine gemeinsame Zukunft. Die von ihr aufgezählten Unterschiede zwischen uns sind gewichtig, und dass sie dabei dezent den enormen Altersunterschied weggelassen hat, ist zwar rücksichtsvoll von ihr, ändert aber nichts an dessen Bedeutung. Letzte Nacht hat sie angesichts der zunehmenden Dunkelheit und der proportional dazu wachsenden Leidenschaft nichts von meiner zwangsläufig weniger straffen Haut und von meinem altersbedingten Bauchansatz, der mich nicht gerade hübscher macht, mitbekommen. Eines Tages hätte sich das nicht vermeiden lassen. Und ein solches Ende hätte ich dem, was da zwischen uns aufgekeimt war, nie und nimmer wünschen mögen. Es ist wunderschön gewesen, einen winzigen Moment lang von einer glücklichen gemeinsamen Zukunft zu träumen.

Um mich selber durch aktives Tun aus meiner traurigen Grundstimmung zu reissen, vielleicht auch, um die vergangenen Tage noch einmal heraufzubeschwören, habe ich mich dann vor meinen Mac gesetzt und auf dem Bildschirm unser Bild betrachtet. Schnell habe ich mich dabei ertappt, wie ich auf das Bild starrte, ohne etwas wahrzunehmen. Meine Gedanken waren noch ganz bei Adelina.

Grizzly, der mich regelmässig besucht, war durch die offene Tür hereingekommen und auf meinen Schoss gehüpft. Sensibel, wie viele Katzen nun mal sind, hatte er meine miese Stimmung wahrgenommen und sich selbstlos in die Bresche geschlagen, um mich mit seiner Anwesenheit zu trösten und aufzuheitern. Das Erste gelang ihm mit kräftigem, beruhigendem Schnurren, das Zweite mit seiner Verspieltheit.

Grizzly ist noch jung und spielt entsprechend gern. Als er befunden hatte, nun sei es genug mit Streicheleinheiten, erhob er sich von meinem Schoss und schritt majestätisch auf den Schreibtisch, wo er sich erst einmal neugierig umsah. Dann entdeckte er die Maus, mit der ich ganz altmodisch meinen Mac noch immer bediene. Ob er weiss, dass das Ding tatsächlich Maus genannt wird, weiss ich nicht. Er begann, sie zunächst sachte und dann immer heftiger auf dem Schreibtisch herumzurollen. Fasziniert schaute ich zunächst Grizzlys Pfotenspiel zu, ehe mein Blick die Bahn verfolgte, die der Cursor-Pfeil auf dem Bildschirm wegen Grizzlys Herumrollen der Maus zog.

Das zog sich eine ganze Weile hin, ehe Grizzly die Lust am Spiel verlor und sich hinaustrollte, um eine Maus zu fangen oder eine Katzendame zu bezirzen. Eine ganze Weile starrte ich gedankenverloren auf den Bildschirm, ehe mir auffiel, dass der Pfeil auf unserem Bild stehen geblieben war. Ich schaute genauer hin – und hatte eine Erleuchtung. Sofort schrieb ich Adelina ein Mail. Ich kann nur hoffen, dass sie unterwegs mal reinschaut.

Liebe Adelina,
Dein Weggang tut mir weh, auch wenn Du damit vermutlich weise gehandelt hast. Wir werden darüber hinwegkommen und unsere kurze gemeinsame Zeit, vor allem aber die Dämmerungsstunde auf dem Hügel, als etwas Seltenes und Kostbares in unseren Herzen bewahren.
Auf Dein Angebot muss ich schneller zurückkommen als gedacht. Ich bin mir jetzt sicher, den ominösen Bildpunkt entdeckt zu haben. Das heisst, eigentlich hat ihn Grizzly entdeckt. Er hat mit meiner Computermaus gespielt und den Cursor-Pfeil an diesem Punkt stehen gelassen. Reiner Zufall.
Oder vielleicht doch nicht. Vermutlich war es auch kein Zufall, dass ich neulich, schon nach der Entdeckung der Leiche in der Bleiche, aber noch vor Deinem Auftauchen, zu später Nachtstunde eine Wiederholung der seinerzeitigen Kultserie «Twin Peaks» gesehen habe. In jener Folge wendet ein gestandener FBI-Agent eine jener seltsamen Methoden an, für welche die Serie berühmt ist: Er versammelt seine Truppe mitten im Wald. Von einem Assistenten lässt er in gebührender Entfernung eine leere Flasche auf einen Baumstrunk stellen. Dann liest die Sekretärin mit piepsendem Stimmchen nacheinander die Namen aller Verdächtigen vor. Bei jedem neuen Namen wirft der Agent einen Stein auf die Flasche. Schmeisst er daneben, kann man den Namen von der Liste streichen. Trifft er die Flasche, ohne sie zu zerdeppern, besteht ein mittlerer Verdacht. Zerspringt die Flasche gar, ist die Person hoch verdächtig.
Diese Szene muss mir wohl unbewusst geholfen haben, meine natürliche Skepsis gegenüber übersinnlichen Zeichen und Wundern zu überwinden. Schliesslich ist mein Grizzly sicher mindestens so gut

darin wie die Flasche von Agent Cooper, «zufällig» wertvolle Erkenntnisse zu produzieren.

Apropos Kater: Du hattest recht. Mein ganzer glorioser Ansatz, den Versteckpunkt über die Suche nach typisch Appenzellischem zu finden, war völlig für die Katz. Ein reines Hirngespinst. Die Lösung ist viel einfacher und direkter. Hätten wir auch früher darauf kommen können. Aber dieses Gefühl habe ich nach jeder neuen Erkenntnis …

Deutliche Hinweise gibt es nachträglich betrachtet genug. Wir haben zum Beispiel nie darauf geachtet, wohin auf unserem Bild die zentrale Figur in der Mitte blickt. Jawohl, auf die übereinander geschlagenen Hände des Senns links im Bild. Und genau dort hat Grizzly die Spitze des Cursor-Pfeils hinterlassen.

Auf der Stützkonsole meines Macs lag die ganze Zeit, als wir davor gerätselt haben, Matzenauers Armband mit dem USB-Stick. Manchmal, wenn die Abendsonne darauf fiel, leuchtete sein Rot auf und bildete einen wunderschönen Kontrast zur silbernen Aluminiumfläche, auf der es liegt. Und doch haben wir nicht gemerkt, was es uns sagen wollte.

Dabei lag es in unserem ominösen Bild die ganze Zeit direkt vor unserem Auge – oder eben gerade nicht. Erinnerst Du Dich, wie viele unserer Gewährsleute auf dem Bild vor allem Dinge vermissten? Ebenfalls nicht auf dem Bild ist natürlich unser Armband. Jedenfalls nicht sichtbar.

Die Erleuchtung kam mir in dem Moment, als ich mich fragte, wo das Armband wohl versteckt wäre, falls es doch irgendwo unsichtbar im Bild wäre. Die Antwort habe ich durch einen Selbstversuch bestätigt gefunden: Wenn ich das Band am rechten Armgelenk trage, kann ich es mit der darübergelegten linken Hand vollständig abdecken. Also mit exakt derselben Haltung, mit welcher der Senn links seine Hände auf dem Stock abstützt.

Das versteckte Armband selbst ist also der Hinweis, und dieses kann sich nur unter der linken Hand des linken Senns befinden. Was zu beweisen war …

Doch wo genau? Die von Grizzly hinterlassene Pfeilspitze hat genau auf die Stelle gezeigt, an der Mittel- und Ringfinger der linken

Hand zusammenkommen. Das macht Sinn, denn der wichtigste Teil des Armbands, der Stick, würde sich genau dort befinden, wenn sich unter der Hand des Senns tatsächlich das rote Band befände. Ich habe also keinen Grund, an der Botschaft von Grizzly – oder wer sonst als Absender fungieren mag – zu zweifeln. Genau dort liegt unser gesuchter Punkt.
Deshalb bitte ich Dich, Deine Gott sei Dank in diesem Falle legalen Künste an diesem Punkt einzusetzen und mir über das Ergebnis Deiner Bemühungen zu berichten.
Natürlich bin ich gespannt darauf, aber ich fürchte mich auch ein wenig davor, dass Du Erfolg haben könntest. Denn das würde bedeuten, dass wir unsere letzte Verbindung verlieren und uns vielleicht nie mehr begegnen.
In der Hoffnung, dass ein gütiges Schicksal eines Tages unsere Wege sich doch wieder kreuzen lässt, wünsche ich Dir alles Liebe. Ich werde Dich nie vergessen!
In jetzt schon alter Liebe
Dein Franz

Freitag, 13. Mai

Heute ist ihre Antwort gekommen.

Mein lieber Franz,
Ja, Du bist in diesen Tagen wirklich zu meinem Franz geworden. Die Trennung von Dir tut mir sicher so weh wie Dir, auch wenn sie unvermeidlich war und ist – die fernere Zukunft können wir ja wirklich ruhig mal offenlassen …
Es tut mir leid, dass es etwas gedauert hat. Ich habe Dein Mail zwar rasch gelesen, aber da war ich noch unterwegs. Erst hier im Kloster konnte ich mich daranmachen, Deine Bitte zu erfüllen.
Es war eine harte Nuss. Ich will Dich nicht mit Details langweilen, aber es hat schon der Hilfe einiger Freunde bedurft (keine Bange, auch das alles ganz legal), bis ich sie schliesslich knacken konnte. Du hast zwar den Zugangspunkt sehr genau lokalisiert, und auch mit

der Auswahl des zeitlichen Ausschnitts lagen wir richtig, aber der Clou lag darin, dass man mehrere Einzelbilder rund um diesen Zeitpunkt herum übereinanderlegen muss, um den Zugangsschlüssel zu erhalten.
Es ist mir gegangen wie Dir: Im Nachhinein erscheint immer alles viel einfacher und klarer. Hauptsache ist, dass ich den Schlüssel gefunden habe. Die Datei, die sich im Spot versteckt hat, lege ich Dir bei. Ich habe sie kurz überflogen und danach beschlossen, mich endgültig nicht mehr mit diesem Thema zu befassen und alles, was ich darüber weiss, so schnell wie möglich zu vergessen.
Dennoch bin ich glücklich darüber, mein Lieber, dass wir zusammen, wenn auch zum Schluss von getrennten Zugängen aus, das Rätsel jetzt gelöst haben. Ich wünsche Dir, dass Dir das die erhoffte Seelenruhe wiederbringt, sodass Du Dich wieder schöpferischeren Projekten widmen kannst.
Auch ich werde Dich nie vergessen. Leb wohl. Bis wer weiss wann.
Mit liebsten Grüssen: Deine Adelina.

Natürlich öffnete ich sofort das angefügte Text-Dokument und begann zu lesen.

Geständnisse

Der Text hat weder Adressaten noch Überschriften. Ungewöhnlich viele Tippfehler weisen darauf hin, dass er in Eile und ohne nachträgliches Korrekturlesen verfasst wurde. Schon in der ersten Zeile wird klar, dass es sich beim Verfasser wirklich um Matzenauer handelt. Ich nehme den Text sprachlich geglättet, aber ansonsten ungekürzt und kommentarlos in meine Aufzeichnungen auf.

«Ich, Emil Matzenauer von Appenzell, schreibe das im Haus meiner Geliebten, die aber nicht da ist. Mein Auto habe ich in der Nähe gut versteckt. Ich will nicht, dass jemand herausfindet, wo ich tatsächlich bin, schliesslich bin ich offiziell unterwegs nach Polen. Stattdessen sind die Polen hinter mir her. Ich habe Angst davor, dass sie mich erwischen. Und ich fühle mich von der ganzen Geschichte so müde und ausgelaugt, dass ich mich am liebsten von der nächsten Brücke stürzen würde. Dann wäre der ganze Druck weg, und ich hätte endlich meine Ruhe.

Weil ich also nicht weiss, ob ich diese Geschichte überlebe, schreibe ich sie auf. Und weil sie so brisant ist, werde ich sie anschliessend so gut verstecken, dass sie sicher nicht in falsche Hände gerät. Ich gehe damit das Risiko ein, dass sie niemals gefunden wird, aber das ist mir jetzt egal. Ich muss die Geschichte einfach loswerden, und sei es nur, indem ich sie in diese Tastatur tippe.

Alles begann an einem Sonntag vor ein paar Jahren. Der damalige Chef der Sortenorganisation Appenzeller Käse hatte sich zu einem vertraulichen Gespräch angemeldet. Ich kannte ihn natürlich, aber nur flüchtig, weshalb ich mir nicht vorstellen konnte, was er mit mir Vertrauliches zu besprechen haben konnte.

Nachdem wir mit einem Glas Appenzeller Alpenbitter angestossen hatten (oh, wie ich das Zeug hasse!), erklärte er mir zunächst etwas umständlich, er würde mich nur ins Vertrauen ziehen, weil ich nach seinen eigenen Eindrücken und nach jenen seiner Gewährsleute ein absoluter Ehrenmann sei, dem das Wohl des Standes Appenzell ein echtes Herzensanliegen ist. Ich fühlte mich natürlich geschmeichelt und versicherte ihm, dass dem so sei. Er erzählte mir die unglaubliche Geschichte von der Bewahrung des Geheimnisses des Appenzeller Käses.

Wie sicher fast alle Liebhaber des Appenzellers aus nah und fern hatte ich bis dahin fraglos an die offizielle Version geglaubt, wonach das Geheimrezept der Kräutersulz in einem Safe verwahrt wird, zu dem nur zwei Personen einen Schlüssel haben. Nun erfuhr ich zu meinem Erstaunen, dass diese Version nur zur Tarnung diente.

In Wirklichkeit hatten die weisen Gründerväter der Firma keinen Moment daran geglaubt, dass ihr Geheimrezept auf einem Papier in einem Safe wirklich sicher sei. Ein Safe konnte geraubt werden oder verbrennen. Und wenn es wirklich nur zwei Geheimnisbewahrer gegeben hätte, wäre die Gefahr, dass sich diese zusammentun oder durch einen Unglücksfall gleichzeitig von der Bühne abtreten, viel zu gross gewesen.

Nein, der einzig wirklich sichere Aufbewahrungsort war für diese Gründerväter der menschliche Kopf. Das ist, wie ich aus meinen Studien der kryptologischen Philosophie weiss, eine immer wieder auftauchende Idee. Eine künstlerische Umsetzung erfuhr sie im auch verfilmten Roman «Fahrenheit 451»: Unter einem Regime, das alle Bücher unbarmherzig und effizient ausrottet, retten die letzten Bücherfreunde ihre Lieblingsbücher, indem sie sie auswendig lernen.

Dieser Ansatz birgt für die Bewahrung und Weitergabe eines Geheimnisses zwei Probleme: Der Geheimnisträger kann ausfallen und sein Wissen mit ins Grab nehmen – dann ist es weg. Oder das Geheimnis kann aus seinem Kopf herausgelockt oder herausgeprügelt werden – dann ist es kein Geheimnis mehr.

Die Erfinder des Geheimrezepts der Kräutersulz von Appenzeller Käse lösten diese Probleme auf eine Weise, die ich auch als Spezialist nur als durchdacht und klug bezeichnen kann: Sie verteilen das Wissen auf insgesamt sieben Köpfe, was das Risiko eines gleichzeitigen Totalausfalls aller Geheimnisträger massiv reduziert. Andererseits erhält kein Geheimnisträger das vollständige Rezept. In jeder Version fehlt ein entscheidender Bestandteil. Sollte also allen Vorsichtsmassnahmen zum Trotz jemand das Geheimnis verraten, so würde nur ein unvollständiges und damit unbrauchbares Rezept weitergegeben.

Um selbst dieses Risiko weiter zu minimieren, haben die Stifter des Geheimnisses eine psychologisch raffinierte Konstruktion geschaffen, indem sie das Bewahrungskomitee, wie sie es nennen, als Geheimloge organisiert haben, nach dem Vorbild der Freimaurer und anderer Geheimbünde.

Ich habe nicht die Zeit, um Einzelheiten zu schildern, aber bei den Treffen des BWK, wie es heute ausschliesslich heisst, werden unterschiedliche Mittel eingesetzt, um die Loyalität der Logenbrüder (ja, es sind nach dem Willen der Gründer bis heute ausschliesslich Männer im BWK) wirksam zu sichern und zu vertiefen.

Zentral ist der Appell an tragende Werte wie Gemeinschaftssinn und Brüderlichkeit, aber auch Heimatliebe und Vaterlandstreue. Ziel dabei ist, immer wieder aufs Neue das Bewusstsein dafür zu schärfen, wie wichtig die Marke Appenzeller Käse für das ganze Appenzellerland ist. Das von ihr geschaffene Image von Appenzell ist nicht nur ein enorm wichtiger Wirtschaftsfaktor, es trägt auch ganz wesentlich zur Selbstvergewisserung, zur Identität der Appenzellerinnen und Appenzeller bei. Bei diesem Teil der Zusammenkünfte des BWK ist die Zeit nicht stehen geblieben. Heute werden dabei auch Filme eingesetzt, die an tiefste Gefühlsschichten appellieren, wie ich später selbst erfahren habe.

Ja, ich bin Mitglied des BWK. Ich weiss deshalb, wie wohlüberlegt alle Mittel eingesetzt werden, welche die Loyalität der Mitglieder stärken. Das gilt auch für den rituellen Teil, der sich stark an Freimaurer-Ritualen orientiert. Ausser dass es eben nicht um den Bau von Kathedralen geht, sondern um die Herstellung einer Kräutersulz nach Geheimrezept. Es sind andere rituelle Kostüme, Werkzeuge und Handlungen nötig, doch das alles gibt es in dieser Loge, die einer mal scherzhaft «Freikäser» genannt hat.

Das wirklich Raffinierte am Konzept der BWK ist, dass die Herstellung der Kräutersulz nicht nur symbolisch geschieht, sondern auch praktisch: Das BWK selbst stellt die Kräutersulz her. Das ist der eigentliche Sinn der Rituale, die in regelmässigen Abständen an einem geheimen Ort stattfinden, an dem alles an Zutaten und Gerätschaften vorhanden ist, was es für die Produktion der Kräutersulz braucht.

Wie genau diese Produktion abläuft, kann ich nicht verraten, nur so viel: Nach den geistigen Läuterungen und den zeremoniellen symbolischen Ritualen geht jeder Logenbruder einzeln in den Vorratsraum und holt sich dort mit Hilfe uralter Messinstrumente alles, was es gemäss seinem Rezept braucht: die vorgeschriebenen Mengen an Kräutern, Wurzeln, Blättern, Blüten, Samen und Rinden. Das braucht Zeit, aber davon gibt es genügend. Das Ritual dauert eine ganze Nacht.

Im eigentlichen Produktionsraum gibt es sieben durch Sichtblenden geschützte Einzelarbeitsplätze. Dort wirft, nachdem sich alle versorgt haben, jeder die mitgebrachten Zutaten in einen grossen Kessel und giesst die nach seinem Rezept vorgesehenen alkoholischen Lösungsmittel dazu. Das Ganze wird mit genau vorgeschriebenen Bewegungen gerührt. Dann tragen alle Logenbrüder ihren Kessel zur Destillationsanlage in der Mitte des Raumes und schütten ihr Gebräu in deren grossen Bottich. Dieser stammt aus dem 19. Jahrhundert, wird jedoch liebevoll gepflegt, denn ein Ersatz durch eine moderne Anlage käme nie in Frage. Damit der Mechaniker nicht verraten kann, wo diese Anlage liegt, wird er übrigens jedes Mal mit verbundenen Augen dorthin gefahren …

Die Destillationsanlage wird dann in Betrieb genommen, und alle Logenbrüder fassen sich an der Hand und betrachten in stummer Ergriffenheit, wie die ersten Tropfen des Destillats herauskommen. Mit einigen Beschwörungsritualen wird die Zeremonie abgeschlossen. Dann gehen alle nach Hause, immer versehen mit einem guten Alibi, denn nicht einmal die Liebsten zu Hause wissen um die Mitgliedschaft ihrer Männer beim BWK.

Als Naturwissenschaftler habe ich mich gefragt, ob auf diese Weise wirklich ein exaktes Gesamtrezept zustande kommen kann. Aber es funktioniert ganz einfach: Weil in jedem der sieben Teilrezepte ein Bestandteil fehlt, der in der anderen drin ist, wird die Gesamtmenge einfach durch sechs Teilportionen bestimmt.

Eine noch viel wichtigere Frage habe ich meinem Besucher von der Sortenorganisation gleich am ersten Abend gestellt: Wie denn die sieben Logenbrüder ausgewählt würden. Er hat mir erklärt, die Gründerväter hätten auch dafür weise Vorsorge getroffen und das Prozedere genau und bindend festgelegt. Vier der Stühle sind für Vertreter der Sortenorganisation selbst reserviert, um auch im Fall der Fälle eine Mehrheit zu behalten. Um jedoch geistige Inzucht zu vermeiden und um das Appenzeller Geheimnis tief im Volk zu verankern, sind die restlichen drei Stühle für Vertreter eben dieses Volkes vorgesehen, jedenfalls des männlichen Teils. Eine gewisse Verankerung im Raum Appenzell ist Voraussetzung. Man muss mindestens zehn Jahre in einem der beiden Halbkantone gelebt haben, um in die Kränze zu kommen.

Um die richtigen Kandidaten zu finden, wird eine Mischung aus Zufall und Auswahl eingesetzt: Zunächst wird aus allen Männern, welche die Kriterien erfüllen, ein Dutzend ausgelost. Da die Sortenorganisation über beste Beziehungen zu den beiden Kantonsbehörden verfügt, ist die Beschaffung der dafür nötigen Daten kein Problem. Sie geschieht diskret und gegen eine grosszügige Spende.

Diese zwölf zufällig ausgewählten Kandidaten werden dann – ohne ihr Wissen natürlich – von Delegationen des BWK genauer unter die Lupe genommen. Jene Kandidaten, welche dabei die beste Beurteilung erzielen, müssen vom BWK einstimmig bestätigt werden. Das klang zwar alles ein bisschen seltsam. Doch wie mir glaubhaft versichert wurde, funktioniert dieses Auswahlsystem so gut, dass es in der langen Geschichte des Appenzeller Käses noch nie einen Geheimnisverrat gegeben hat.

Auf diese Weise jedenfalls bin auch ich ein Logenbruder des Appenzeller Käses geworden. Von all meinen vielen Aufgaben und Ämtern ist mir dieses mit Gewissheit eines der liebsten. Oder jedenfalls war es so bis vor einer guten Woche. Da sass ich im Büro vor meinem Computer, als sich auf dem Bildschirm plötzlich wie von Geisterhand ein neues Fenster öffnete. Darin standen, ohne Anrede oder Absender, nur drei Sätze: *Wir wissen, dass Du das Geheimrezept kennst. Wir wissen, dass Du eine Geliebte hast. Wir wissen, wer sie ist.*

Zunächst war ich mehr irritiert als erschrocken. Wie war diese Botschaft auf meinen Bildschirm gekommen? Einen Systemeinbruch von aussen musste ich ausschliessen, die «Interkrypta» weiss bestens, wie man sich dagegen abschirmt. Also musste die Botschaft eine interne Quelle haben. Aber welche? Und was sollte die Botschaft bedeuten? Das mit der Geliebten stimmte. Es wäre mir natürlich mehr als unangenehm gewesen, wenn das rauskäme. Doch den Weltuntergang würde es auch nicht bedeuten. Also tippte ich eher auf einen verkappten Scherzbold und liess die Sache auf sich beruhen.

Bis zwei Tage später dasselbe geschah. Diesmal lautete die Botschaft: *Wir wissen, dass Du heimliche Geschäfte mit Tschetschenien machst. Wir wissen um drohende Zahlungsausfälle und Schadenersatzforderungen. Wir kennen die Bank, mit der Du gerade Kreditverhandlungen führst.*

Jetzt wurde die Sache allerdings ernster. Ich brauche tatsächlich dringend einen grossen Kredit, habe mich bei der Expansion etwas verhoben. Natürlich habe ich der Bank nichts von den drohenden Risiken erzählt. Nicht zu lügen heisst ja nicht, immer alles offenzulegen. Aber ebenso natürlich wäre die Existenz der «Interkrypta» ernsthaft bedroht, wenn die Bank wegen solcher Hinweise den Kredit verweigern würde.

Über all diese Dinge aber weiss in meiner Firma nur der engste Kreis meiner Vertrauten etwas. Für diese Mitarbeiter würde ich in jedem Fall meine Hand ins Feuer legen. Oder sollte ich mich doch in jemandem getäuscht haben? In wem? Und was hatte der Betreffende vor? Zweifel begannen mich zu zerfressen und brachten mich in eine trübselige Stimmung.

Meine Zweifel an meinen Mitarbeitern waren unberechtigt. Das erfuhr ich aus der dritten Botschaft, die nicht lange danach eintraf: *Gib uns das Geheimrezept. Sonst wird unser Geheimwissen öffentlich.* Dieses Mal stand auch ein Absender darunter: *Hochachtungsvoll, das Polka-Käse-Syndikat.*

Das «Hochachtungsvoll» wirkte zwar wie Hohn angesichts der unverhohlenen Drohung, doch ich hatte jetzt ganz andere Sorgen. Ganz offensichtlich ging es um Erpressung. Da wollte jemand unbedingt das Geheimrezept. Ich kann mir vorstellen, dass es dabei um Produktfälschung geht, weiss es aber nicht mit Sicherheit.

Doch das ist egal, wer auch immer hinter diesem ominösen Syndikat steckt, muss über enorme Ressourcen verfügen. Spezialisten, die in unser System einbrechen können, kosten eine Stange Geld. Und davon, dass die Botschaften von aussen kommen, musste ich jetzt ausgehen, denn ich konnte beim besten Willen kein Leck erkennen, durch das die Information über meine Zugehörigkeit zum BWK zu einem meiner Mitarbeiter hätte fliessen können.

Wie aber war dieses Syndikat an dieses Wissen herangekommen? Und wie an die anderen Informationen? Es war zum Fürchten. Doch ich konnte im Moment nichts tun, weil die Botschaften noch nicht mitgeteilt hatten, wie ich das Geheimrezept verraten sollte.

Dass es sich um einen Verrat handeln würde, war mir schmerzlich bewusst. Sosehr sind mir in den letzten Jahren die Loge und ihr Ziel, das Geheimnis zu bewahren, in Fleisch und Blut übergegangen, dass ich lieber meine Grossmutter verkaufen würde als das Geheimnis zu verraten (zum Glück habe ich keine Grossmutter mehr).

Schon begann ich, eine innere Abwehrmauer gegen diese Erpresserbande aufzubauen. Sollten sie doch meine Geheimnisse verraten. Seitensprünge kommen in den besten Familien vor, das lässt sich hinbiegen, und eine Möglichkeit, die «Interkrypta» zu retten, auch ohne Kredit, wird mir schon einfallen. Bisher habe ich es immer geschafft.

So dachte ich damals, doch dann kam die vierte Botschaft: *Wir wissen, dass Du Wasser (Appenzeller Alpenbitter) predigst und Wein (Fernet-Branca) trinkst. Schick uns das Geheimrezept als gewöhnliches Mail mit der Betreffzeile «Grossmutters Tinktur», oder wir bringen dieses Geheimnis noch vor der Landsgemeinde an die Öffentlichkeit. Das Polka-Käse-Syndikat.*

Diesmal haben sie mich an meiner verwundbarsten Stelle getroffen. Ja, es stimmt, ich habe eine fast schon lächerliche Vorliebe für Fernet-Branca. Und das kann ich mir in einem Kanton, in dem der Verzehr von Appenzeller Alpenbitter in rauen Mengen fast schon staatsbürgerliche Pflicht ist, schlicht nicht leisten. Zumal nachdem ich den Fehler begangen hatte, für den Appenzeller Alpenbitter Werbung zu machen. Seitdem erwarten ohnehin alle Besucher, dass ich ihnen unser einheimisches Gesöff kredenze, obwohl ich es kaum runterbringe.

In meiner Verzweiflung bin ich dazu übergegangen, immer wenn ich Besuch erwarte, zwei der grünen Flaschen mit dem einheimischen Bitter bereitzustellen. In der einen, noch nicht angebrochenen, ist tatsächlich das drin, was drauf steht. In die andere, fast leere Flasche dagegen habe ich heimlich Fernet-Branca eingefüllt. Dem Gast schenke ich dann mit der Begründung, es sei Ehrensache, dass er einen frischen Alpenbitter erhalte, aus der richtigen Flasche ein, während ich mich aus der präparierten Flasche bediene. Das ist bisher immer gut gegangen, und da ich meinen Stoff sehr diskret besorge und absolut sicher verstecke, weiss sicher niemand, auch nicht meine Familie, von meinem Laster.

Ich grübelte, wie dieses Syndikat darauf gekommen war. War vielleicht unter den Gästen, die jemand mitschleppt und die ich gar nicht unbedingt kenne, neulich mal ein Agent des Syndikats, der heimlich in meinen Schnapsbeständen herumgeschnüffelt hat? Oder hat jemand mein Konto bei der Kuh-Bank geknackt, über das ich die Zahlungen für meinen Stoff laufen lasse?

Irgendwo muss ich unvorsichtig gewesen sein. Darüber zu grübeln, hilft jetzt nichts mehr. Mir war völlig klar: Wenn das rauskommt, ist meine politische Karriere im Eimer. Für Appenzeller Alpenbitter zu werben und damit den Heimatverbundenen zu mimen, während man heimlich die Konkurrenz säuft – so was tut man einfach nicht. Das würden mir meine Landsleute, sosehr sie mich sonst mögen, nie verzeihen.

Dabei ist mir dieses Amt des Landesfähnrichs so wichtig. Wichtiger als alles andere. Natürlich nicht als Endstation, sondern als Sprungbrett für eine weitere Laufbahn, die mich zum ungekrönten König von Appenzell machen soll. Davon träume ich seit Kindheitstagen. Und dieser Traum ist nicht schwächer, sondern stärker geworden: Ich will in nicht ferner Zukunft als regierender Landammann an der Spitze der Regierung mit wehenden Mantelschössen gravitätisch zum Landsgemeindeplatz schreiten und dort das Landessigill (Landessiegel) stolz dem versammelten Volk präsentieren, das mich über viele Jahre hinweg einstimmig im Amt bestätigen wird.

Ja, das ist mein Traum und es ist mein Ziel. Das lasse ich mir von nichts und niemandem nehmen. Deshalb habe ich getan, wie mir vom Syndikat befohlen.

Mein rabenschwarzes Gewissen dabei wurde etwas ins Graue abgemildert, als mir bewusst wurde, dass ich ja kein vollständiges Rezept verraten hatte. Ein wichtiger Bestandteil fehlt, und ich weiss nicht mal, welcher. Also würde mein Rezept dem Syndikat nicht viel nützen. Das schrieb ich in dem Mail dazu. Naiverweise glaubte ich, das Syndikat würde die Sinnlosigkeit seines Tuns einsehen und mich in Ruhe lassen. Ich kann nur hoffen, dass die übrigen Mitglieder des BWK, die dem Syndikat vermutlich auch bekannt sind, weniger erpressbar sind als ich. Aus mir jedenfalls ist nicht mehr herauszuholen.

Naiv war ich wirklich. Heute früh kam die vorläufig letzte Botschaft: *Wir haben nicht bekommen, was wir wollten. Dafür wirst Du büssen.*

Ich hätte es wissen müssen. Schliesslich kenne ich solche Typen. Man kann sich seine Geschäftspartner nicht immer aussuchen. Einmal hat mir der Anführer einer zweifelhaften, aber stinkreichen Milizarmee erklärt, wie das bei organisierten Erpressungen abläuft. Drohungen werden dort oft in die Tat umgesetzt, nicht, weil damit ein rationaler Zweck erreicht werden soll, sondern ganz einfach, um sich und den anderen Bandenmitgliedern zu beweisen, dass man es ernst meint.

Genau das könnte mir jetzt drohen. Zu holen gibt es bei mir nichts mehr. Das Syndikat hat bekommen, was es von mir haben konnte. Es wäre also gänzlich irrational, mir jetzt noch etwas anzutun. Als Signal aber würde ein solches Attentat der eigenen Organisation, konkurrierenden Banden, künftigen potenziellen Erpressungsopfern, der Polizei oder wem auch immer eine starke Botschaft senden: Wir lassen uns auf keinen Fall verarschen.

Ich muss also ernsthaft um mein Leben fürchten. Doch das ist mir sowieso nicht mehr viel wert. Ich habe meine Werte, meine Ehre, meine Eide und meine Heimat verraten. Ich habe dubiose Geschäfte gemacht, die ich nicht wirklich mit meinem Gewissen vereinbaren konnte. Ich habe meine Familie und die Öffentlichkeit betrogen.

Mit meiner Existenz und meiner Laufbahn kann es auch jeden Moment zu Ende sein. Ich muss davon ausgehen, dass zur Rache des Syndikats gehört, dass sie meine Geheimnisse publik machen, und vielleicht auch meinen Verrat des Geheimrezepts. Dann ist es wirklich aus.

Früher habe ich immer geglaubt, ich würde jeden Tiefpunkt überwinden und hätte immer genug Kraft, um wieder neu anzufangen. Jetzt fehlen mir diese Kraft und dieser Glaube. Ich fühle mich unendlich müde und ausgebrannt. Schon lange bewege ich mich am Rande meiner Kräfte. Meine Kandidatur war schon fast zu viel. Eigentlich wollte ich ja heute zu einer Kurzkur in eine sehr diskrete Burn-out-Klinik fahren, getarnt als Jagdausflug nach Polen. Nicht mal mehr dafür hat meine Energie gereicht, weshalb ich mich hier im Häuschen meiner abwesenden Geliebten verkrochen habe.

Diese ganze Erpressungsgeschichte hat mir den Rest gegeben. Ich kann und will eigentlich nicht weiterleben. Draussen schleicht schon wieder ein verdächtiges Auto vorbei, zu dieser Nachtzeit und ohne Licht. Ich glaube, ich haue ab. Mein Auto kann ich nicht nehmen, dabei würden sie mich erwischen, ich gehe zu Fuss. Zum Verstecken dieser Aufzeichnungen reicht die Zeit noch.»

Das ist die ganze geheime Botschaft. Jetzt weiss ich zwar einiges mehr über das Geheimrezept und seine Bewahrung und über die Verstrickungen Matzenauers mit der Sortenorganisation und dem Syndikat. Auch das Rätsel um die Rechnung für Fernet-Branca ist gelöst. Nur, wie Matzenauer tatsächlich zu Tode gekommen ist, weiss ich noch immer nicht. Und werde es wohl auch nie wissen.

Meine lebhafte Phantasie kann sich alles ausmalen. In einem Szenario hetzt Matzenauer im fahlen Licht eines von Wolken nur leicht verschleierten Zweidrittelmondes zu Tale, verfolgt von zwei finsteren Gestalten, die ihn an der Bleichebrücke einholen, am Schlafittchen packen und kurzerhand über das Brückengeländer schmeissen. Bald darauf überquert ein biederer Wagen mit ausländischem Kennzeichen die Grenze nach Österreich.

In einem anderen Szenario wankt Matzenauer ganz allein hinunter zur Bleiche. Seine innere Leere hat sich noch ausgedehnt. An der Brücke angekommen, erinnert er sich, dass er am Anfang seiner Aufzeichnungen, die er jetzt sorgfältig versteckt in seinem roten Plastikarmband trägt, geschrieben hat, er würde sich am liebsten von der nächsten Brücke stürzen. Jetzt tut er, was er am liebsten täte.

Vielleicht sind aber einfach der viele Alkohol auf leeren Magen und die Strapazen seines fluchtartigen Wegrennens für ihn zu viel gewesen. Auf der Brücke wird der Brechreiz übermächtig. Er beugt sich über das Geländer, um die Strasse nicht zu verschmutzen. Ein bisschen zu weit vor – und schon liegt er unten.

Das Leben besteht aus ungelösten Rätseln. Jetzt ist halt wieder eines dazugekommen. Eigentlich sind es zwei. Das Geheimrezept kenne ich nämlich noch immer nicht …

Wendungen

Sonntag, 15. Mai

Jetzt kenne ich es. Gestern Abend rief Beat Ebneter, der heutige Chef der Sortenorganisation Appenzeller Käse, an, um zu fragen, ob er heute vorbeikommen könne. Eben ist er wieder gegangen. Er dürfte gerade noch trocken zu seinem Auto kommen, bald wird eine grössere Kaltfront Regen bringen und der langen Schönwetterperiode ein Ende bereiten.

Ich habe gedacht, sein Besuch habe etwas mit unserem geplanten Buch über Appenzeller Geheimnisse zu tun. Gewundert habe ich mich schon, dass der oberste Chef sogar an einem Sonntag zu mir auf den Hügel steigt, zumal ich ihn bisher weder im Zusammenhang mit dem Buchprojekt noch sonst wie persönlich kennengelernt habe. Mit jener souveränen Gelassenheit, welche mein Alter und das Leben im Appenzellerland mit sich bringen, habe ich aber einfach mal abgewartet.

Zur Eröffnung hat er mir tatsächlich Grüsse von Margrit Krummenacher, seiner Marketing-Chefin, ausgerichtet. Ich sei ihm von ihr als absolut zuverlässige und vertrauenswürdige Person geschildert worden, und das Buchprojekt sei vielversprechend und würde dem Image des Appenzeller Käses noch viel Nutzen bringen. Tatsächlich ist am Freitagabend noch ein Mail von Frau Krummenacher gekommen. Sie hat mein fast rechtzeitig fertiges Buchkonzept sehr gut aufgenommen.

Auch sonst hätten seine Erkundigungen über mich zwar ein paar Jugendsünden zutage gefördert, doch in meinen Appenzellerjahren hätte ich mich als integrer und gut integrierter Bürger erwiesen, dem man vertrauen könne. Und dieses absolute Vertrauen sei die Voraussetzung dafür, dass er mir jetzt eine Geschichte erzählen werde, die wirklich streng vertraulich sei.

Ich kannte die Geschichte im Wesentlichen schon. Natürlich habe ich mir nichts davon anmerken lassen, sondern aufmerksam zugehört und da und dort mit einer Zwischenfrage mein Interesse signalisiert. Kurzum, die Geschichte lief darauf hinaus, dass eines der Mitglieder des Bewahrungskomitees durch höhere Umstände abberufen worden sei, wie sich Ebneter ausdrückte, weshalb nach einem Ersatzmann gesucht worden sei. Und mittels des Verfahrens, das ich jetzt ja kenne, sei die Auswahl auf mich gefallen. Er zweifle keinen Moment daran, dass ich diese ehrenvolle Wahl annehmen würde.

Der Form halber habe ich mir noch eine Woche Bedenkzeit ausbedungen, die Annahme eines so ehren- wie verantwortungsvollen Amtes wolle wohlbedacht sein. Er hat vermutlich recht, und ich werde ihm in ein paar Tagen mit dem vereinbarten Codewort zusagen. Ab dann bin ich Mitglied des Bewahrungskomitees, der Geheimloge zur Bewahrung des Geheimrezepts für Appenzeller Käse. Und werde dieses Geheimnis, aus welchen Motiven auch immer, hüten wie meinen Augapfel. Da bin ich ganz sicher.

Doch das ist erst in einer Woche. Ein kleines bisschen darf ich heute den Schleier lüften. Ebneter hat mir als Ausdruck seines Vorschussvertrauens (wahrscheinlich schon wieder nach dem weisen Drehbuch der Gründerväter) schon mal einen Ausschnitt aus dem Geheimrezept zitiert. Keinen, mit dem man viel anfangen kann. Es geht nur um das alkoholische Lösungsmittel, in dem die festen Zutaten eingeweicht werden.

Dass dafür ausschliesslich Appenzeller Alpenbitter verwendet werden darf, ist keine grosse Überraschung. Schon verblüffender mutet an, dass es zum Herstellungsritual unbedingt gehört, dass alle sieben Logenbrüder alle siebenundsiebzig Minuten, also insgesamt sieben Mal, jeweils sieben Zentiliter Appenzeller Alpenbitter schlürfen. Ganz nüchtern sind sie damit am Ende nicht mehr – ich freue mich schon auf meine erste Teilnahme.

Jetzt esse und trinke ich zur Feier des Tages einen Appenzeller. Grund zur Freude habe ich ja. Ich fühle mich, wenn ich ehrlich bin, durchaus etwas gebauchpinselt. Gut, für den Zufallsteil kann keiner was, doch dass man mich für würdig befunden hat, ein Geheimnis mit zu bewahren, stimmt mich froh, ebenso wie die Aussicht, damit einen kleinen Beitrag zum Wohlergehen des Appenzellerlandes leisten zu können. Irgendwo bin ich eben doch ein guter Bürger, der etwas von dem, was ihm seine Heimat gibt, gerne zurückgeben möchte. Und wenn das dann noch in der faszinierenden Form einer Geheimloge geht, ist das – für meine Wenigkeit jedenfalls – schon ein Privileg.

Doch halt. So einfach wird die Entscheidung nicht werden. Das habe ich, nachdem die erste Euphorie verflogen war, bald einmal realisiert. Ich habe, wie kaum ein anderer, das Schicksal meines bedauernswerten potenziellen Vorgängers vor meinem inneren Auge. Will ich es wirklich riskieren, als Nächster ins Visier des Polka-Käse-Syndikats zu gelangen?

Gut, zum Glück bin ich nicht annähernd so öffentlich exponiert wie Emil Matzenauer und damit viel weniger erpressbar. Leichen sind in meinem Keller auch keine versteckt. Natürlich liessen sich bei mir, wie fast überall, ein paar kleine Schmutzflecken auf der weissen Weste entdecken, doch viel gewonnen wäre damit für einen Erpresser nicht. Ich lebe seit Langem nach der Devise «Und ist der Ruf erst ruiniert, so lebt's sich völlig ungeniert». Nein, auf dieser Ebene wäre ich kein lohnendes Zielobjekt.

Doch wer weiss, was solchen Typen sonst noch einfallen könnte, um das Geheimnis aus mir herauszupressen? Wenn möglich noch gewaltsame Methoden. Nein, das brauche ich nicht. Ich fühle keinerlei Verlangen nach dieser Art von Heldenrolle.

Im Moment sieht es also eher nach einer Absage aus. Doch ich bin froh darüber, dass ich mir Bedenkzeit ausbedungen habe. Das lässt noch etwas Raum und Zeit für die Entscheidung.

Freitag, 20. Mai

Gut, dass ich mit meiner Entscheidung gewartet habe. Eben kam ein Mail von Adelina, das die Sach- (und meine Gemüts-) lage doch ziemlich ändert. Mir sind bei seiner Lektüre buchstäblich die Tränen gekommen.

Mein lieber ferner Franz,
mittlerweile bin ich hier im Kloster etwas zur Ruhe gekommen. Auf dem Weg dazu habe ich gemerkt, dass mir die Geschichte mit unserem Rätsel noch keine Ruhe liess. Zu sehr hing wie eine kohlschwarze Wolke die Bedrohung durch das Syndikat über den übrig gebliebenen Mitgliedern des Bewahrungskomitees, über Dir und natürlich auch über mir.
Deshalb habe ich beschlossen, den Spiess umzukehren. Wenn das Syndikat schon so viel über uns herausgefunden hatte, musste doch auch umgekehrt etwas über das Syndikat zu erfahren sein.
Nein, keine Angst, ich bin nicht rückfällig geworden. Ich habe nicht gehackt. Nur hacken lassen. Ein Kollege aus der Szene, der mir noch einen Gefallen schuldete, hat das übernommen. Ich weiss, das ist moralisch auch nicht ganz sauber, aber was ist das schon im Leben, und freu Dich einfach darüber, dass Deine Adelina nicht selbst gehackt hat. Ich jedenfalls fühle mich besser so, und ich vertraue darauf, dass Dir das nicht ganz gleichgültig ist.
Jedenfalls war mein Kollege erfolgreich. Er konnte die Spur der Einbrüche in mein System zurückverfolgen und seinerseits in das System des Syndikats eindringen. Frag mich nicht, wie, der Kerl ist ein Genie. Deshalb fand er auch ziemlich bald das, was mich – und sicher auch Dich – am meisten interessiert. Nämlich diese Aktennotiz (ja, das Syndikat ist ziemlich penibel bei der Archivierung …): «Operation Polkappenzeller per sofort gestoppt. Nachträgliche Berechnungen haben gezeigt, dass Profitrate ungenügend. (Ersteller des ersten Business-Plans sofort feuern!) Zudem Risiko eines erneuten Geheimnisangriffs nach Abgang der ersten Zielperson zu hoch. Strategiewechsel beschlossen. Zielobjekt neu: holländischer Käse.»
Diese Information ist nach allem, was ich sehen und fühlen kann,

verlässlich. Du brauchst Dich also nicht mehr vor möglichen Nachstellungen durch das Syndikat zu fürchten und kannst hoffentlich wieder ruhig schlafen da oben auf Deinem schönen Hügel.
Dasselbe gilt für mich hier im Kloster im Tal. Ich werde noch eine Weile hierbleiben, um ganz zu Ruhe und Klarheit zu kommen, doch seit dieser Druck weg ist, rückt die Möglichkeit, dass ich mir eine ehrenvolle Tätigkeit ganz ohne Du-weisst-schon suche, immer näher.
Und wer weiss, vielleicht finde ich ja sogar etwas in der Schweiz, da werden Talente aller Art händeringend gesucht. Dann wäre ich auch wieder näher bei Dir, und das wäre, wenn ich ganz ehrlich bin, für mich eine echte Bereicherung meines Lebens. Zudem hofft etwas in mir, dass es Dir umgekehrt auch so geht.
Mit einer Antwort kannst Du Dir ruhig Zeit lassen. Du erreichst mich jetzt erst einmal eine Weile nicht, aber ich werde mich bei Dir melden. Bald. Versprochen.
Iss und trink einen Appenzeller für mich mit und denke dabei an mich. Ich werde es spüren. Deine Adelina.

Ich tat, wie mir geheissen, und malte mir dabei das Wiedersehen mit Adelina in den blühendsten Farben aus. Danach habe ich mit dem Codewort meine Zustimmung signalisiert, Mitglied des Bewahrungskomitees zu werden.

Flüchtig habe ich mich gefragt, ob ich wirklich allen gegenüber fähig sein würde, das Geheimnis des Geschmacks von Appenzeller Käse zu bewahren – vor allem ihr gegenüber, mit der ich schon so viele Geheimnisse teile. Die Gegenstimme meines inneren Dialogs hat geantwortet: «Na, wenn schon!», und dabei liess ich es bewenden.

Doch das wird, wenn schon, auf jeden Fall die einzige Ausnahme bleiben. Deshalb werde ich diese Aufzeichnungen jetzt vernichten. Oder jedenfalls sehr, sehr gut verstecken.

Geschichte und Dank

Im Juli 2011 feierte ich in meiner Appenzeller Heimat meinen sechzigsten Geburtstag mit sechzig Gästen. Um diesen etwas nachhaltig Appenzellisches nach Hause mitzugeben, habe ich spontan diesen ersten Appenzeller-Käse-Krimi geschrieben.

Zunächst wurde dieser Krimi als Privatdruck nur an meine Gäste abgegeben. Viele von ihnen haben sehr positiv reagiert und mich darin bestärkt dranzubleiben. Herzlichen Dank dafür.

Die daraufhin von mir angesprochene Sortenorganisation Appenzeller Käse fühlte sich geehrt, dass ihr Produkt Thema eines Krimis geworden ist, fand das Ganze ausgesprochen spannend, sah, dass der erste Appenzeller-Käse-Krimi ein innovatives Kommunikations-Medium werden könnte, und bestellte davon eine grössere Menge. Auch dafür herzlichen Dank.

Andreas Giger